Joachim Koller

Falsche Hawara
und krumme Touren

Bibliografische Information der Deutschen Nationalbibliothek: Die Deutsche Nationalbibliothek verzeichnet diese Publikation in der Deutschen National-bibliografie; detaillierte bibliografische Daten sind im Internet über dnb.dnb.de abrufbar.

https://www.facebook.com/kollerjoachim
joachim.koller@chello.at
Verlag: BoD • Books on Demand GmbH, In de Tarpen 42, 22848 Norderstedt
Druck: Libri Plureos GmbH, Friedensallee 273, 22763 Hamburg
ISBN: 978-3-7562-3828-6

Alle Personen (mit einer Ausnahme) und Handlungen sind frei erfunden. Die erwähnten Schauplätze kann man in Wien tatsächlich finden, wobei die erwähnte Bank nicht existiert.

Was in diesem Buch über den Untergrund von Wien – inklusive der Gruppe „Vergessenes Wien" – geschrieben wird, entspricht ebenfalls ziemlich genau der Realität. Aus Sicherheitsgründen wurde der Zugang zu dem unterirdischen Luftschutznetz aber an einen fiktiven Ort verlegt.

Für mehr reale Informationen über Wiens Untergrund, empfehle ich die Social Media-Seiten von Jeremy Plaidl. Einfach auf Instagram und anderen Kanälen nach **„jerryously"** suchen.

Prolog

3. September,
Wien, Innere Stadt
Zwanzig Meter unter der Staatsoper

Mit lautem Knarren und Quietschen, wurde die Metalltür am Ende des Kellergewölbes aufgestoßen.

»Die wird noch ordentlich geschmiert«, erklärte der Mann, der als erster den Raum betrat, gefolgt von zwei weiteren Männern und einer Frau.

»Wir sind zwar tief unter der Innenstadt, aber dennoch müssen wir darauf achten, kein Aufsehen zu erregen«, fuhr er fort.

Sie betraten einen langgezogenen Raum mit gewölbtem Dach. Vor Jahrzenten waren die Wände glatt und mit weißer Farbe gestrichen worden. Nun blätterte die Farbe an vielen Stellen hab und gab den Blick auf graue Mauersteine frei. An mehreren runden Säulen waren Arbeitsscheinwerfer aufgehängt, die abschätzen ließen, wie groß der Raum war. Außerdem war es auffällig sauberer, als auf ihrem unterirdischen Weg hierher.

»Wie hast du diesen Raum gefunden, Lukas?«, fragte die Frau, als sie hinter den Männern den Raum betrat.

»Unter Wien findet man ein ganzes Labyrinth an Gängen und Räumen wie diesem. Als Schutz vor Luftangriffen im Weltkrieg angelegt, wurde dieses unterirdische Netz nach dem Krieg vergessen. Es existieren keine brauchbaren Pläne, viele Gänge wurden zugemauert, einige sind einsturzgefährdet. Wir sind hier völlig ungestört«, versicherte Lukas den Anwesenden.

Er erklärte ihnen die weiteren Vorzüge dieses unterirdischen Verstecks. Die dicken Mauern sorgten dafür, dass Handys nutzlos wurden. Da geplant war, mehrere Computer aufzubauen, hatte er bereits Pläne mitgebracht, anhand deren sie eine Strom- und Internetversorgung sicherstellen konnten.

»Es hat schon eine gewisse Ironie«, beendete Lukas seine Ausführung, »Wir sind an einem Ort, den fast niemand kennt und planen einen Diebstahl von etwas, von dem ebenfalls fast niemand Bescheid weiß.«

»Wie lange haben wir Zeit, um alles vorzubereiten?«, fragte einer der Männer.

»Drei Wochen. Ich werde euch rechtzeitig informieren, damit am Tag X alles perfekt abläuft«, versicherte ihm Lukas.

»Und dieser Bezirksinspektor Kratochwil? Ist es eine gute Idee, einen Kieberer in deinen Plan miteinzubeziehen?«

Lukas antwortete mit verschwörerischem Grinsen. »Sogar eine sehr gute Idee, glaub mir. Er wird uns tatkräftig unterstützen, dafür ist gesorgt.«

25. September, 8.00 Uhr

Die Sonne war bereits über dem vor dem Fenster liegenden Stadtpark aufgegangen und strahlte in das Hotelzimmer und auf das übergroße Doppelbett. Thomas Kratochwil, Bezirksinspektor im ersten Wiener Gemeindebezirk, blinzelte und drehte sich zur Seite, wo ihn große blaugraue Augen ansahen.

»Morgen mein Süßer, gut geschlafen?«, fragte seine Kollegin Denise Graf. Sie strich ihre schulterlangen schwarzen Haare zur Seite und gab den Blick auf ihr üppiges Dekolleté und noch mehr frei. Die Decke reichte ihr nur bis zur Hüfte, sodass Thomas' Blick unweigerlich zu ihren Brüsten wanderte. Er lag genauso wie sie nackt im Bett.

»Nach dem, was du in der Nacht mit mir angestellt hast, habe ich geschlafen wie ein Stein«, antwortete er, gab ihr einen Kuss und rollte sich aus dem Bett. Auf dem Boden lag noch eine der beiden Piccolo-Flaschen, deren Inhalt sie gestern Nacht geleert hatten. Thomas erinnerte sich, dass er nach ihrem ausgiebigen Liebesspiel und der Flasche schnell und tief eingeschlafen war.

»Auch wenn ich dich gerne so sehe, lass uns anziehen und frühstücken gehen. Das Zimmer hier im Marriott hat genug gekostet, da sollten wir das Frühstücksbuffet noch ordentlich ausnutzen.«

Ein Blick in den Spiegel verriet dem 46-jährigen Mann, dass der wenige Schlaf kaum Spuren hinterlassen hatte. Seine kurzgeschorenen, braunen Haare konnten nicht durcheinandergebracht werden und sein Gesicht war bislang vor vielen Falten verschont geblieben. Denise kam hinter ihn und knabberte an seinem Ohrläppchen, die auffällig abstanden.

»Wir haben zum Glück heute frei. Nur ein kurzer Besuch auf der Dienststelle und dann...«

»Du weißt, dass ich nach Hause muss«, unterbrach er sie, worauf sie sich sofort von ihm löste und nach ihrer Kleidung griff.

»Es war nur ein Gedanke, sorry«, meinte sie mit verärgerter Stimme.

Die Affäre der beiden Bezirksinspektoren und Kollegen der Kriminalpolizei lief inzwischen seit über einem Jahr. Was als einmaliger Ausrutscher begann, wurde mit der Zeit zu einem regelmäßigen Abenteuer. Während die zwei Jahre jüngere Denise ungebunden war, wurde Thomas von seiner Frau und seiner Tochter erwartet. Obwohl die Ehe schon länger nicht mehr harmonisch verlief, war er nicht bereit, diese aufzugeben. Auch wenn Denise immer wieder klarstellte, dass sie es akzeptierte, kam ihre Eifersucht öfters zum Vorschein.

In schwarzer Unterwäsche, die ihren hellen Teint noch mehr hervorhob, drehte Denise Thomas zu sich und strich ihm über seine schmale Hakennase.

»Es tut mir leid«, sagte sie versöhnlich, »Aber nach so einer Nacht, gleich wieder zurück in die Realität, das ist manchmal nicht so leicht.«

Thomas setzte ein breites Grinsen auf, welches seine Zähne entblößte.

»Wir werden es sicherlich bald wiederholen. Es muss ja nicht immer das Marriott sein.«

Er sah ihr zu, wie sie ihr elegantes Abendkleid vom Vortag in ihrem Rucksack verstaute. Stattdessen schlüpfte sie in eine Jeans und eine dunkle Bluse, beides eng anliegend und sehr figurbetont. Anstatt der eleganten, hochhakigen Schuhe vom Vorabend, trug sie nun schwarze Stiefel mit dicker Sohle.

4

»Hast du heute noch eine Wanderung vor?«, fragte er und deutete auf die Schuhe.

»Die sind weitaus bequemer als die hochhackigen High Heels von gestern. Die hatte ich nur wegen dir an, und wenn ich mich recht erinnere ...«

»Ja, die Schuhe waren ziemlich heiß«, gestand Thomas und schnappte sich seine Lederjacke.

»Lass uns frühstücken gehen, als Abschluss einer wunderbaren Nacht.«

8:45 Uhr

Der kühle Herbstwind blies ihnen entgegen, als sie das Hotel verließen. Thomas griff in seine Jackentasche und holte seine Zigaretten hervor. Neben dem Eingang zum Nobelhotel saß ein offensichtlich Obdachloser, der zu ihm aufblickte.

»Morgen, heast, bist a guter Hawara und schnorrst mir nen Tschik?« Der deutlich hörbare Zungenschlag des Obdachlosen verriet, dass er alles andere als nüchtern war.

Thomas öffnete seine Packung, nahm sich eine heraus und reichte ihm die Packung mit den restlichen Zigaretten.

»Ein Kieberer ist selten ein guter Hawara, aber ich habe einen guten Tag heute.«

Er schloss seine Lederjacke und musste erneut gähnen, was Denise mit einem verschmitzten Lächeln kommentierte.

»Und da heißt es, wir haben ruhige Nachtdienste.«

»Dieser war wohl eher anstrengend und ausdauernd«, meinte Thomas und zündete sich seine Zigarette an.

»Willst du dich beschweren?«, fragte Denise mit gespielter Entrüstung.

»Garantiert nicht.«

»Und was sagst du daheim?«

»Sicher nicht, dass es ausdauernd war. Wobei ich bezweifle, dass ich überhaupt gefragt werde.«

Denise wusste, dass es bei Thomas und seiner Frau Kerstin schon seit längerem kriselte. Ihre Affäre war nur einer der Gründe dafür.

»Wir könnten auch noch später auf die Dienststelle«, schlug Thomas vor, »Noch einen Kaffee oder etwas Sightseeing?«

Sie hatten schon früher die freien Tage genutzt, um wie Touristen durch die Innenstadt Wiens zu schlendern. Dabei hatten sie auch wie Touristen die verschiedenen Museen und Kirchen besucht.

»Heute nicht. Ich habe heute noch mein Kampfsport-Training. Davor würde ich mich gern noch etwas erholen«, meinte sie mit einem breiten Lächeln.

»Lass uns noch kurz zum Posten gehen. Die frische Luft tut uns sicher gut«, schlug sie vor, zückte gleichzeitig ihr Handy und tippte darauf.

»Meine Schwester. Sie hat wieder einmal Probleme mit ihrem Freund«, erklärte sie und entfernte sich einige Schritte von ihm. Thomas holte seinen Ehering aus der Jackentasche. Während er ihn auf den Finger schob, überkam ihn wieder einmal das schlechte Gewissen, welches er aber gleich wieder unterdrückte. Er zückte sein Handy und rief seine Frau an. Schon an ihrer ersten Frage, ob es eine mühevolle Nacht gewesen war, war ihre Eifersucht herauszuhören. Thomas erfand eine zähe Überwachung ohne besondere Vorkommnisse und versprach ihr, nach einem Kurzbesuch auf der Dienststelle heimzukommen.

»Ja, ja. Ich seh's dann eh, wann du heimkommst«, war ihre Reaktion.

Da sie den Tag frei hatte, konnte sich Thomas wieder einmal auf Diskussionen über seinen Job und seine Kollegin einstellen. Nachdem er aufgelegt hatte, schnappte er Denise an der Taille und gemeinsam spazierten sie auf dem Weg zwischen der vierspurigen Ringstraße und der Nebenfahrbahn. Diesen teilten sich sowohl Fußgänger als auch Radfahrer, im Moment gehörte er ihnen aber alleine. So genoss er die Ruhe und versuchte, nicht daran zu denken, was ihn daheim erwartete. Thomas sog die kühle Luft ein, die um diese

Uhrzeit noch mehr nach herbstlichen Bäumen und weniger nach Abgasen roch. Sie spazierten an einer modernen Litfaßsäule vorbei.

Hinter dem Glas machte ein Plakat Werbung für die »Dritte Mann Tour«, eine geführte Tour durch die Kanalisation des ersten Bezirks.

Thomas erinnerte sich, wie sie diese Tour alleine mit einem Führer gemacht hatten. Mit etwas Trinkgeld für ihren Guide hatte die Tour länger gedauert und sie noch tiefer in das labyrinthartige Netz unter der Stadt geführt.

»Das könnten wir wiederholen«, meinte er und deutete auf das Plakat.

»Sehr gerne, wenn wir wieder Zeit haben. Mir hat es dort unten gut gefallen«, antwortete Denise mit einem Anflug eines Lächelns.

»Wegen vorhin im Zimmer ...«, versuchte Thomas, wenigstens die Sache mit Denise nicht übermäßig zu verkomplizieren.

»Was meinst du?« Sie schien in Gedanken noch bei dem Telefonat zu sein.

»Du weißt, dass du nicht nur ein Gspusi für mich bist.«

»Mir geht es genauso, also mach dir keine Gedanken«, versicherte sie ihm und schmiegte sich an ihn.

Sie standen bei der Fußgängerampel, die gerade auf Grün wechselte, als aus der Bank, welche sich an der Ecke des Hauses vor ihnen befand, ein Mann herausstürmte.

»Überfall!«, rief der graumelierte, ältere Mann hektisch. Thomas und Denise erstarrten und sahen sich an.

»Ernsthaft jetzt?«, fragte Thomas.

Denise deutete dem Mann, auf dessen Jacke das Logo einer Securityfirma prangte.

»Wir sind von der Polizei, was ist los?«

9

Der Mann lief zu ihnen. Er keuchte und zitterte am ganzen Leib.

»Überfall! Da ist einer reingestürmt und hat geschrien und hat mich mit einer Waffe bedroht und rausgeschickt.«

Sie blickten zur Eingangstür der Bank, die in diesem Moment verschlossen wurde, gleichzeitig senkten sich die Rollos hinter den milchigen Fenstern auf der Straßenseite.

»Das war´s dann mit dem freien Tag«, meinte Denise mit einem Seufzer.

Thomas musterte den Sicherheitsmann. Er schätzte ihn auf knapp sechzig Jahre. Seine korpulente Figur und sein Alter sprachen dafür, dass er den Job als Security nur als Nebenjob ansah, um den Anschein zu wahren, dass die Bank bewacht wurde.

»Und jetzt ganz in Ruhe. Bezirksinspektor Thomas Kratochwil und das ist meine Kollegin, Denise Graf.«

»Alois Schönwender. Ich arbeite hier als Security. Noch nie hat es irgendwelche Probleme gegeben. Sie müssen wissen, diese Bank ist ... nicht so wie jede andere Bank.«

»Nicht wie jede andere Bank?«, fragte Thomas.

Unterdessen blickte er zu Denise, die bereits am Handy nach Verstärkung rief.

»Die PvR-Bank hat nicht viel Laufkundschaft. Die da drinnen arbeiten weniger mit Bargeld.«

Thomas stutzte.

»Was soll das heißen? Wenn jemand eine Bank überfällt, wird er wohl auf Geld aus sein, oder?«

»Ich habe mal gehört, dass die nur fünf, sechstausend Euro in der Kassa haben, mehr nicht. Soweit ich mich mit diesen Dingen auskenne, machen die viel über Computer, also online. So mit diesen neuartigen Internetwährungen, Bitkroins oder so ähnlich. Ich glaube, Aktien kann man nicht einfach so stehlen und zu Geld machen.«

Thomas hob kurz die Schulter, als Zeichen, dass er davon auch wenig Ahnung hatte.

»Okay, wenig Geld zu holen. Wie viele Personen sind in der Bank?«

Alois Schönwender überlegte angestrengt.

»Die Einsatzgruppe kommt in fünf Minuten!«, rief Denise, die abseits stand und das Haus beobachtete.

Thomas nickte ihr zu und wandte sich wieder Alois Schönwender zu.

»Wie viele Personen?«, wiederholte er seine Frage. Der Sicherheitsbeamte, immer noch aufgebracht und geschockt, zählte im Geiste.

»Es arbeiten zwei Frauen am Schalter, der Filialeiter ist auch schon da. Und dann noch... drei, nein vier Kunden. Zwei Frauen und ein Paar in besonders eleganter Aufmachung. Ach ja, die Putzfrau, eine oder zwei müssten auch noch drinnen sein. Ich weiß nicht, die sind im Tresorraum gewesen, als ich angefangen habe.«

»Ich meinte, wie viele Personen sind an dem Überfall beteiligt?«

»Einer. Ein Mann, er ist reingestürmt, hat mich mit einer Pistole bedroht und gesagt, ich soll hinauslaufen.«

»Erzählen Sie mir mehr vom Tresorraum, gibt es dort...«

»Geld? Nein. Also, vielleicht, ich glaube schon, genau weiß ich es nicht. In dem Raum gibt es jede Menge Schließfächer. In unterschiedlichen Größen, also da passt alles Mögliche rein. Die haben Platz für kleine Schachteln bis zu großen Wertgegenständen oder was die Leute sicher verwahren wollen. Was da drinnen ist, das wissen nur die Mieter.«

»Wie sind die Schließfächer gesichert?«

»Jeder Mieter hat einen Schlüssel, jedes Fach ein zusätzliches Nummernschloss. Fragen Sie mich aber nicht, wie sicher die Fächer sind, aufbrechen wird man sie sicherlich können.«

Thomas strich über sein frisch rasiertes Kinn und überlegte.

Nur ein Mann, eine Bank mit geringen Bareinlagen, die Schließfächer würden einige Zeit in Anspruch nehmen, um geöffnet zu werden.

»Denise, wir haben es mit ...«

»Ein Banküberfall mit Geiselnahme. So habe ich es gemeldet«, ergänzte sie seinen Satz.

Thomas kramte aus seiner Lederjacke eine neue Packung Zigaretten hervor.

»Neues Spiel?«, fragte Denise und meinte damit ihre übliche Wette zu Beginn einer Ermittlung. Dabei wettete Thomas, dass er bis zur Klärung des Falls mit einer Packung auskommen würde.

Er schüttelte den Kopf.

»Das wird kein Fall für uns. Wir warten, bis die Kollegen und der Verhandler kommen, mehr nicht.«

Aus der Ferne waren Sirenen zu hören, die sich schnell näherten. Nur Sekunden später sahen sie die Fahrzeuge, zwei Einsatzfahrzeuge und ein Zivilfahrzeug mit eingeschaltetem Blaulicht. Die Wagen rasten auf sie zu, wechselten in die Nebenfahrbahn und bremsten neben ihnen ab.

Neben fünf Uniformierten stieg eine Person in Zivilkleidung aus, die Thomas augenblicklich als den zuständigen Polizeipsychologen für Geiselnahmen identifizierte.

Der stämmige Mann trug blaue, abgewetzte Jeans und einen schwarzen Kapuzenpullover. Ein Ausweis, der an einer Kette um seinen Hals hing, war das einzige Anzeichen, dass es sich um einen Polizeibeamten handelte. Er steuerte direkt auf Denise und Thomas zu.

»Guten Morgen, es scheint ein schöner Tag zu werden.«

»Schöner Tag?«, wunderte sich Denise.

»Ich habe gerade den Wetterbericht gehört«, antwortete der Mann, »Es soll ein sonniger, warmer Herbsttag werden.«

»Sie wissen schon, warum wir hier sind?«, fragte Thomas verwundert. Er erntete ein breites Grinsen.

»Ja, ein Delikt, das vom Aussterben bedroht ist. Letztes Jahr gab es in Wien genau fünf Banküberfälle. Fünf! Davon war kein einziger erfolgreich. Beim letzten Bankraub hat der Täter nach nicht einmal zehn Minuten das Handtuch geschmissen und sich widerstandslos festnehmen lassen.«

Er blickte von Thomas zu Denise.

»Entschuldigung, ich vergaß«, sagte er und streckte seine Hand aus, »Werner Ritter, der Polizeipsychologe«, stellte er sich vor. Dabei entblößte sein freundliches Lächeln strahlend weiße Zähne, die durch seinen dunkelbraunen Vollbart leuchteten.

»Scheinbar gehen wir zum selben Friseur«, scherzte er, während er Thomas die Hand schüttelte, da beide Männer kurzgeschorene Haare hatten. Werner Ritter besaß noch dichtes Haar, auf Thomas' Kopf zeichneten sich schon deutliche Geheimratsecken ab. Thomas schätze ihn auf rund fünfzig Jahre.

Nachdem Thomas sich eine Zigarette angezündet hatte, gab er Werner eine Zusammenfassung ihrer bislang dürftigen Informationen.

»Interessant. Ein Einzeltäter und dazu diese Bank, das klingt nach zwei verschiedenen Szenarien. Entweder eine Kurzschlusshandlung, ohne zu wissen, dass er sich eine Bank ohne großes Geldvorkommen ausgesucht hat. Oder, und das sollte uns mehr Sorgen machen, unser Mann hat einen Plan, um an ein oder mehrere Schließfächer zu gelangen. Dann wird er auf eine Geiselnahme und dementsprechend einen längeren Aufenthalt in der Bank vorbereitet sein. Alleine ist das aber eine Herausforderung.«

Hinter ihnen kam ein silberner Kleintransporter, ein Mercedes Sprinter mit den typischen blauen und roten Streifen der Polizei, zu stehen. Obwohl er keine

Beschriftung trug, wussten Denise und Thomas, um welches Fahrzeug es sich handelte.

»Mein Büro ist eingetroffen«, bestätigte Werner ihre Vermutung und winkte dem Fahrer zu. Der Wagen beherbergte einen gut ausgestatteten Technikraum, der es ihnen unter anderem ermöglichen sollte, mit dem Geiselnehmer zu telefonieren und mittels Kollegen aus anderen Abteilungen auf Überwachungskameras und diverse Netzwerke zuzugreifen.

»Ich werde mehr wissen, wenn ich telefoniert habe. Ihr beide seid zufällig hier?«

Thomas nickte.

»Wir wollten nur kurz auf unsere Dienststelle, danach wäre es ein freier Tag gewesen«, sagte Denise.

»Ich verstehe. Dem freien Tag sollte nichts im Weg stehen, wenn ihr vorher noch kurz alles Bisherige schriftlich festhaltet. Ihr wisst ja, Bürokratie.«

Keine zehn Minuten später waren sowohl Denise und Thomas, als auch Werner fertig. Der kurze Bericht war in den Computer getippt und die Leitung zu einem der Telefone in der Bank eingerichtet.

»Wollt ihr noch bleiben und zuhören?«, fragte Werner.

»Ja, unbedingt«, schoss Denise hervor, »Ich will wenigstens wissen, was der Kerl da drinnen vorhat.«

Werner ließ sich ein Handy reichen, welches mit dem Computer verbunden war, und schaltete den Lautsprecher ein. Nachdem er die Nummer vom Bildschirm eingetippt hatte, setzte er sich und wartete. Nach dem fünften Klingeln wurde abgehoben.

»Hallo?«, meldete sich eine tiefe männliche Stimme.

»Guten Morgen. Mit wem spreche ich denn?«, fragte Werner mit freundlicher Stimme.

»Morgen. Ich nehme an, Sie sind der zuständige Polizist.« Die Stimme klang ruhig und gefasst.

15

»Nennen Sie mich einfach Werner. Ich bin ihr Ansprechpartner für diese... Situation.«

»Okay, Werner. Diese Situation ist wahrscheinlich nicht ganz so, wie Sie glauben.«

»Ich bin ganz Ohr. Aber zuerst verraten Sie mir bitte Ihren Namen.«

Erst nach einigen Sekunden antwortete der Mann. »Franz.«

»Okay Franz. Hier haben sich schon einige Polizisten versammelt und alle sind leicht nervös. Ich hoffe, wir können das alles schnell klären, ohne, dass jemand zu Schaden kommt.«

»Sehr gerne. Ich nehme an, Sie wollen wissen, wie viele Personen gerade anwesend sind?«

»Das wäre ein guter Anfang.«

»Wir sind zu zehnt. Niemand ist verletzt, allen geht es gut. Das soll auch so bleiben.«

»Das ist eine gute Idee«, meinte Werner.

»Jetzt möchten Sie wissen, wie ich vorhabe, hier unbeschadet wieder rauszukommen.«

»Tja, diese Überlegung werden wir beide gemeinsam durchgehen und ...«

»Es ist ganz einfach. Ich habe nur eine Forderung, danach ist das alles vorbei«, erklärte Franz.

»Und die wäre?«

»Ich will, dass Gerald Foitner hergebracht wird.«

Gleichzeitig rissen Denise und Thomas die Augen auf und starrten mit offenem Mund auf den Lautsprecher, instinktiv Denise griff nach Thomas' Hand.

Werner bemerkte ihre Regung, blieb aber unbeirrt ruhig.

»Und dann?«

»Dann werde ich ihn töten«, antwortete Franz entschlossen.

Werner stutzte kurz, blickte zu Denise und Thomas, die

immer noch fassungslos auf den Lautsprecher starrten, und schüttelte den Kopf.

»Also da haben wir ein Problem.«

»Da es in Österreich keine Todesstrafe gibt, muss es so sein«, unterbrach ihn Franz.

Werner überlegte für einige Sekunden.

»Der Name sagt mir nichts. Wer genau ...?«

»Er soll hergebracht werden, ich werde ihn erschießen und mich dann freiwillig stellen. Das ist meine einzige und unverhandelbare Forderung. Erkundigen Sie sich nach den Möglichkeiten, ich melde mich in einer Stunde wieder. Ich bitte Sie, nehmen Sie mich ernst. Ich habe nichts zu verlieren und möchte niemanden verletzen.«

»Franz, Ihnen ist klar, dass ich das nicht einfach so entscheiden kann.«

Die Leitung wurde getrennt.

»Interessant«, war Werners erste Reaktion auf die soeben geführte Unterhaltung. Er drehte sich im Stuhl zu den beiden Polizeibeamten um.

»Was ist mit euch beiden los?«

»Gerald Foitner...«, Denise stockte.

»Das kann doch nicht wahr sein«, sagte Thomas und schüttelte den Kopf.

»Eine Erklärung täte der Situation jetzt sehr gut«, meinte Werner und deutete beiden, fortzufahren.

»Gerald Foitner sitzt in der Justizanstalt Stein. Lebenslänglich, mit geringen Chancen jemals wieder rauszukommen«, sagte Thomas, während er sein Kinn massierte.

»Wisst ihr mehr?«, fragte Werner nach.

»Ja«, bestätigte Denise, »Immerhin haben wir ihn festgenommen.«

Plötzlich dämmerte es dem Polizeiverhandler.

»Foitner, das Monster von Wien!«

10 Uhr

Thomas und Denise nickten.

»Ich erinnere mich.«

Werner erhob sich und wechselte zu einem anderen Computer.

»Ihr habt ihn erwischt und damit ein Kind gerettet. Er hat davor ... ich glaube, es waren vier Kinder, bestialisch gefoltert und ermordet. Das Makabre war seine Aussage ...«

»Genau das ist er«, unterbrach ihn Denise.

Werner benötigte nur einige Klicks, um die Fallakte zu öffnen.

»Muss ich das alles lesen oder bekomme ich eine Zusammenfassung von euch?«

Thomas nahm sich eine weitere Zigarette und trat ins Freie. Denise deutete Werner, ihnen zu folgen. An der frischen Luft nahm Thomas mehrere Züge, bevor er zu erzählen begann:

»Das Ganze ist nun fast zwei Jahre her. Denise und ich waren bereits ein Team. Schon das erste Opfer sorgte für Aufregung. Die siebenjährige Tochter des Innenministers wurde entführt. Es gab weder Forderungen noch verwertbare Hinweise. Noch am selben Tag wurde eine groß angelegte Suchaktion organisiert. Durch die Nähe zum Lainzer Tiergarten wurde ein Großangebot an Polizisten abgestellt, um die Parkanlage zu durchkämmen. Natürlich sind die Medien gleich darauf angesprungen. Schon am nächsten Tag war es die Titelstory, gleichzeitig machte der Innenminister enormen Druck, verständlicherweise.«

»Derselbe Innenminister, der auch jetzt das Amt innehat?«, warf Werner ein.

Thomas nickte.

»Denise und mir wurde die Leitung übertragen und alle Mittel zugesichert. Dennoch kamen wir nicht weiter. Drei Tage später wurde die Leiche des Kindes in der hauseigenen Garage des Innenministers entdeckt, von ihm selbst. Details lasse ich aus, es reicht, wenn ich erwähne, dass sie brutal misshandelt und in der Garage aufgehängt wurde.«

»Ich erinnere mich, es gab eine heftige mediale Diskussion ...«, fiel Werner ein.

»Genau«, übernahm Denise, »Eine Tageszeitung war an den detaillierten Bericht gekommen und hat daraus zitiert. Noch schlimmer war der angebliche Fehler dieser Zeitung, im Internet ein Bild des Tatorts zu veröffentlichen, ohne die hängende Leiche zu verpixeln. Das Bild war stundenlang online. Tags darauf beherrschten zwei Themen die Medien. Der Kindermord und die Berichterstattung der Zeitung. Durch den Innenminister wurde es zu einer politischen Diskussion über Pressefreiheit und deren Grenzen. Ich weiß noch, wir haben am Nachmittag die Diskussion im Parlament verfolgt, bis abends ein Anruf kam. Ein verschwundenes Kind, zehn Jahre. Dieses Mal waren die Eltern aus der sogenannten Mittelschicht, sie Sekretärin und er Taxifahrer. Es fehlte jegliche Übereinstimmung. Es war ein Bursch, ein anderer Bezirk, einfach keine Verbindungen. Wir haben vorerst beide Fälle gesondert untersucht, bis der Bub nach einem Tag in einem Wald gefunden wurde. Verunstaltet, geschändet, ...«

»Details sind im Moment nicht relevant, ich erinnere mich. Die gescholtene Tageszeitung hat beim zweiten Mord vom Monster von Wien geschrieben.«

»Ja und der Begriff wurde von allen übernommen. Aber sie haben den Mord gleichzeitig genutzt, um einen

Rundumschlag zu veranstalten. Gegen die Polizei, die Ermittlungen und natürlich die Hetze gegen ihre Redakteure. Das Ganze beschäftigte den österreichischen Presserat, Selbstkontrollorgan der Medienbranche hierzulande. Nachdem es erneut zu Auszügen aus dem Protokoll kam ...«

»Einem Protokoll, welches als vertraulich eingestuft war«, unterbrach Thomas seine Kollegin.

»Genau. Danach wurde die Zeitung von höchster Ebene derart gerügt, dass sie die nächsten Tage nichts über den Fall berichteten. Es stand die Zwangsschließung im Raum, es gab Anzeigen, Journalisten wurden gefeuert, die Geschäftsführung ausgetauscht.

Aber zurück zum Fall. Wir waren uns sicher, es mit demselben Täter zu tun zu haben. Wieder gab es keine Beweise, keine verwertbaren Spuren. Eindeutig das Werk eines Profis, eines perversen, höchst gefährlichen Profis.«

»Dann kam auch noch die Sache mit dem Kinderarzt«, übernahm Thomas wieder, »Wir hatten keine Zusammenhänge bei den Opfern, aber dann ergab es sich, dass beide Kinder schon einmal beim gleichen Arzt waren. Noch bevor wir gscheit handeln konnten, hat dieser Fetznschädl von Minister die Cobra geholt.«

»Er war psychisch mit der Situation überfordert«, warf Werner ein.

»Ja, er hätte sich dennoch nicht einmischen dürfen. Bei allem Verständnis, aber er hätte uns die Arbeit überlassen sollen.«

»Du bist kein Freund des Innenministers?«

»Nein, weder parteilich noch persönlich. Ich kann diesen Wappler einfach nicht leiden.«

Denise legte Thomas einen Arm um die Schulter, um ihn zu beruhigen.

»Wenn sich mein Kollege aufregt, vergisst er schon mal seine gute Kinderstube.«

»Der typische Wiener grantelt gerne und beherrscht ein umfassendes Repertoire an Schimpfwörtern«, meinte Werner, »Aber kein Problem, wir sind hier unter uns.« Thomas überging Werners Kommentar und fuhr fort: »Ohne sich mit uns abzusprechen, hat der Innenminister das Haus des Arztes gestürmt und auf den Kopf gestellt. Dabei wurden auf seinem Computer Pornos gefunden.«

»Kinder?«

»Auch. Das war ein gefundenes Fressen für den Innenminister, er selbst hat die Medien informiert und uns als unfähige Deppen dastehen lassen.«

»Wobei zu erwähnen wäre, dass besagter Arzt wasserdichte Alibis vorzuweisen hatte. Er war ein Zufallstreffer, aber nicht unser gesuchtes Monster«, ergänzte Denise.

»Das war aber einem oder mehreren Insassen in der U-Haft egal. Irgendwer hat den Mann in der Nacht erdrosselt, bis heute weiß man nicht, ob nicht ein Aufseher seine Hand mit im Spiel hatte.«

Denise deutete auf den Kühlschrank in der Ecke und wollte etwas sagen, doch Werner kam ihr zuvor.

»Cola, Energy Drinks und Mineralwasser. Nehmt euch was.«

»Danke. Innenminister Steinberger hat alles vorbereitet, um uns zu degradieren, inklusive Versetzung, da wurde die nächste Kinderleiche gefunden. Völlig pervers, ein elfjähriger Bub eines alleinstehenden Journalisten. In der Früh hat er ihn zur Schule gebracht, am Abend im Wohnzimmer gefunden.«

Denise stockte, nahm einen großen Schluck Wasser und blickte ins Leere.

»So schlimm?«, fragte Werner vorsichtig und bekam ein bestätigendes Nicken von Thomas.

»Der Journalist war nicht in der Lage weiter zu arbeiten. Und das, obwohl er für Gerichtsfälle im Bereich Gewalt und Drogendelikte zuständig war. Ich habe bei der Gerichtsverhandlung erfahren, dass er sich völlig zurückgezogen hat.«

»Damit war klar, der Kinderarzt war nicht unser gesuchter Mann. Wir durften weitermachen, der Innenminister hat sich eine vorübergehende Auszeit genommen und endlich haben die Zeitungen mit uns gearbeitet anstatt gegen uns.«

Denise reichte den Männern ebenfalls eine Flasche.

»Wir wollten ihn unter Druck setzen«, sie schüttelte den Kopf, »Im Nachhinein, eine blöde Idee. Wir haben den Zeitungen erzählt, dass DNA-Spuren ausgewertet und Kamerabilder vorhanden wären. Die Antwort kam postwendend. Ein weiterer Mord, das Kind eines Polizisten. Als wollte er uns damit lächerlich machen, geschah es am helllichten Tag, schon am Abend wurde der getötete Bub gefunden.«

»Bei diesem Mord hat Foitner einen großen Fehler gemacht. Einen, der es uns sehr leicht machte, da das Haus mit Überwachungskameras ausgestattet war.«

»Eigentlich waren diese dafür gedacht, um seine Frau beim Fremdgehen zu erwischen.« Denise blickte zu Thomas, der bei der Erwähnung zu Boden blickte.

»Wir haben die Bänder gesehen«, fuhr sie fort, »und alles war darauf. Wie er sich als Postler Zutritt verschaffte, wie er den Bub folterte ...« Sie verstummte.

»Harter Tobak«, sagte Werner, der ihr ansah, wie die grauenhaften Bilder in ihrem Kopf herumschwirrten.

Denise nickte nur, Thomas übernahm wieder das Wort.

»Wir hatten ein deutliches Bild des Monsters und haben alle möglichen Kanäle abgesucht.«

»Nur die offiziellen?«

»Wenn ein Minister mithilft, braucht man diese Frage nicht stellen«, meinte Thomas.

»Das kommt aber bei einer Verhandlung nicht gut an.«

»Wir mussten nur herausfinden, wer dieser Typ ist, den Rest konnten wir dann auf offiziellem Weg erledigen.«

Denise hatte ihre Flasche geleert und ihre Stimme wieder erlangt.

»Er hat sich gut versteckt, Einzelgänger, im Internet nicht aufzufinden, keine Strafakte und ein Beruf als Leiter der Logistik bei einer Metallverarbeitungsfirma. Völlig unscheinbar.«

»Zum Glück blieb es bei vier Opfern, der Zugriff geschah bei seinem letzten Versuch«, erinnerte sich Werner.

»Korrekt«, bestätigte ihm Thomas, »Er hat einem Mädchen aufgelauert, aber zwischenzeitlich kannte jeder Polizist sein Bild. Sein Fehler war, vor einer Volksschule zu warten, an der zwei Beamte abgestellt waren, um den Verkehr zu regeln. Er hat es noch geschafft, das Mädchen zu seinem Fahrzeug zu bringen, als wir ankamen. Wir waren auf einen Kampf eingestellt, aber dieses... Er hat uns gesehen und gelacht. Seine erste Reaktion war: Das hat aber lange gedauert. Er freute sich richtig, gratulierte uns und genoss es sogar. Dieses Schwein gestand alles und war auch noch stolz darauf.

Vor knapp einem Monat wurde er verurteilt, lebenslang. Gleich mehrere Gutachten haben bestätigt, dass er zum Tatzeitpunkt komplett zurechnungsfähig war, keine Anzeichen einer Geisteskrankheit, kein Grund für eine Einweisung.«

»Demnach eine Verurteilung und Inhaftierung als 2102?«, meinte Werner. Als häufiger Besucher der Strafanstalten waren ihm die Begriffe und Nummerierungen aus den Justizanstalten bekannt.

»Korrekt«, sagte Thomas, »als zum Tatzeitpunkt zurechnungsfähig, rechtskräftig Verurteilter sitzt Foitner lebenslang in Stein. Und bei ihm sind die Chancen auf vorzeitige Entlassung gleich null.«

Nach einer kurzen Pause fügte Thomas mit leiser Stimme hinzu: »Ganz unter uns: Wenn einer die Todesstrafe verdienen würde, dann er.«

Für zehn Sekunden war es still im Polizeiwagen.

»Wir werden diesen Mann sicher nicht herausholen«, sagte Denise entschieden.

»Am liebsten würde ich genau das machen und zusehen wie er ...«, meinte Thomas.

»Sprich es nicht einmal aus. Ja, er hätte es verdient, aber... Was, wenn das ein Trick ist, um dieses Monster raus zu holen?«, gab Denise zu bedenken.

»Entschuldigung«, meldete sich Werner, wurde aber nicht beachtet.

»Eine Freilassung, egal warum und wie, läuft über das Justiz- und Innenministerium. Und damit erfährt Steinberger davon. Ich will nicht, dass sich dieser Hund wieder einmischt.«

»Was schlägst du vor?«, fragte Denise.

Werner erhob sich und stellte sich demonstrativ zwischen das Paar.

»Ich möchte daran erinnern, dass ich auch noch hier bin.«

Denise und Thomas verstummten und sahen ihn erwartungsvoll an.

»So, nachdem ich nun auch zu Wort kommen darf, meine erste Frage: Welchem Zufall verdanke ich es, dass ihr zwei genau in diesem Moment hier vorbeigeht?«
Denise und Thomas sahen sich an.
»Einem großer Zufall«, begann Denise, »Ich wohne zwar unweit von hier, aber unter anderen Umständen wären wir heute mit meinem Wagen unterwegs.«
»Oder gar nicht«, sagte Thomas, »da wir beide frei haben. Wenn wir nicht die Nacht ...«, er überlegte kurz, »die nächtliche Observation hier übernommen hätten, wäre ich jetzt daheim.«
»Bei Frau und Kindern?«
Werners Frage ließ Thomas stutzen. Der plötzliche Wechsel zu seinem Privatleben brachte ihn etwas aus dem Konzept.
»Ja, Frau und ein Kind.«
Werner nickte nur und kehrte zum Beruflichen zurück.
»Okay, ein Zufall. Belassen wir es dabei. Es bleibt dabei, dass wir es nicht mit einem herkömmlichen Bankraub samt Geiselnahme zu tun haben. Dieser Franz – was ein Allerweltsname ist und demnach auch leicht falsch sein könnte – hat eine konkrete Forderung, die wohl nicht verhandelbar ist. Dass Foitner bereits rechtskräftig verurteilt in Haft sitzt, ist ihm zu wenig. Er klingt entschlossen in seinen Absichten, das kann sich aber noch ändern, wenn er dort drinnen zum Nachdenken anfängt. Näheres dazu kann ich erst nach einem weiteren Gespräch sagen.«
Mit einer Tastenkombination druckte Werner die Polizeiakte des Kindermörders aus.
»Die Vermutung liegt nahe, dass sich seine wahre Identität in diesen Unterlagen wiederfindet.«
»Einer der Väter?«, überlegte Thomas laut, »Da hieß keiner Franz, soweit ich mich erinnere.«

»Das wäre leicht zu überprüfen«, meinte Werner und schob ihnen die ausgedruckte Akte hinüber.

Denise griff nach den Papieren und blätterte sie durch.

»Moment, hier... ja, hier haben wir die Namen. Innenminister Michael Steinberger, der Taxifahrer hieß Mustafa Taremi. Clemens Bauer ist der Journalist und der Polizist Stefan Neugebauer. Kein Franz.«

»Wir haben von allen die Kontaktdaten. Vier Anrufe und wir wissen mehr«, schlug Thomas vor und zog bereits sein Handy heraus.

»Ich gehe an die frische Luft zum Telefonieren.«

»Und zum Rauchen«, vermutete Werner.

Er hatte die erste Nummer noch nicht ganz eingetippt, als Denise zu ihm stieß.

»Werner macht drinnen sein Ding, Kameras, Verhandlungsvorbereitungen und so.«

»Ich fange bei Mustafa an. Immerhin ist er damals ziemlich ausgerastet.«

Sie konnten sich beide noch gut daran erinnern, wie der Mann in Rage sogar auf die Polizisten losgegangen war. Einige Wochen später musste Thomas vor Gericht aussagen, da Mustafa Taremi in einer Bar durchgedreht und das Lokal im Alleingang zerlegt hatte. Nachdem er infolge von Thomas Aussage ein mildes Urteil bekam, versprach er, sich in Therapie zu begeben.

Das Handy war abgedreht, die Telefonstimme teilte ihnen mit, dass der Teilnehmer zurzeit nicht erreichbar wäre. Denise deutete auf die zweite vermerkte Nummer, welche seiner Frau gehören sollte.

»Hallo?«, meldete sich eine Frauenstimme nach nur einem Freizeichen.

»Bezirksinspektor Kratochwil, guten Morgen. Sie erinnern sich vielleicht ...«

»Was ist mit meinem Mann?« Die Frau klang aufgekratzt und ängstlich.

Denise und Thomas sahen sich an.

»Bingo!«, formulierte Denise mit den Lippen.

»Dasselbe wollte ich sie fragen. Wo ist ihr Mann gerade?« Thomas versuchte, ruhig zu sprechen.

»Ich weiß es nicht. Ich kann ihn nicht erreichen. Dabei sollte er schon da sein... Wir haben gestern noch... Es sollte ihm doch endlich... jetzt endlich besser gehen und dann... Warum rufen sie... Warum gerade jetzt an?«, sie stotterte vor Aufregung.

»Ganz ruhig, Frau Taremi. Bitte verraten Sie mir, wann Sie ihren Mann zuletzt gesehen haben?«

»Gestern, als er zur Arbeit gegangen ist. Nachtdienst. Er hat Nachtschicht, bis sechs Uhr, also sollte er ... Was, wenn er schon wieder irgendwo...?«

»Ich verstehe ihre Sorgen. Wenn sich ihr Mann meldet, geben Sie mir bitte umgehend Bescheid.«

»Warum?«

Thomas überlegte, was er der Frau erklären sollte. »Ich habe nur ein paar Fragen, nichts Besonderes«, log er sie an, bevor er sich verabschiedete.

»Mustafa Taremi. Das ist unser Mann in der Bank«, war Denise überzeugt und wollte wieder zu Werner in den Container des Polizeiwagens gehen. Thomas hielt sie zurück.

»Lass uns auch die anderen anrufen, sicherheitshalber.«

Er durchsuchte seine Telefonliste und fand die Privatnummer des Journalisten Clemens Bauer. Dieser hob ebenfalls nach dem ersten Läuten ab.

»Herr Bezirksinspektor, ich grüße sie.« Er klang gut gelaunt und ausgeschlafen.

»Herr Bauer, guten Morgen. Wie geht es Ihnen?«

»Sagen wir mal so: Ich sitze gerade vor meinem Frühstück, den Blick aufs Meer gerichtet und werde in ein paar Stunden mit einigen Einheimischen den Markt von Marrakesch besuchen.«

»Das heißt, Sie sind nicht in Wien?«

»Nein, seit über zwei Wochen reise ich durch Marokko. Recherchearbeit zu einem Reiseführer. Wie kann ich Ihnen behilflich sein?«

»Sie haben mir schon alles gesagt, was ich wissen wollte. Ich wünsche Ihnen noch einen schönen Aufenthalt.« Denise sah ihn fordernd an.

»Ich wiederhole mich nicht gerne. Mustafa Taremi steht dort in der Bank.«

»Sieht ganz danach aus«, stimmte Thomas ihr zu, wählte aber dennoch eine weitere Nummer.

Er landete in der Dienststelle der Polizeistation Ottakring, wo ihm erklärt wurde, dass Stefan Neugebauer vor einer Stunde seinen Dienst angetreten hatte.

»Willst du auch noch den Herrn Innenminister anrufen oder warten, bis er von seinen Leuten Bescheid bekommt.«

Thomas verzog den Mund und entschied: »Ich warte lieber.«

Er drückte seine fertig gerauchte Zigarette bei einem nahestehenden Mistkübel aus.

»Okay, informieren wir Werner.«

Als sie den Container betraten, stand Werner neben einem jungen Mann, der auf einem Computer arbeitete. Der Bildschirm zeigte mehrere Fenster, in denen nur schwarz-weißes Rauschen lief.

»Spielt wohl nichts Interessantes?«, scherzte Thomas.

»Ja und nein. Die Kameras aus der Bank wurden abgedreht. Nicht einfach abgerissen oder manuell unbrauchbar gemacht«, erklärte Werner.

»Das Überwachungssystem wurde fachmännisch abgeschaltet. Wir haben weder Zugriff auf Livebilder noch auf gespeicherte Daten. Das heißt, keine Chance, einen Blick nach innen zu bekommen«, sagte der Techniker, ohne vom Bildschirm aufzuschauen.

»Wir haben vielleicht etwas«, meinte Denise, »Wir glauben, dass Franz eigentlich Mustafa Taremi heißt.«

»Vorausgesetzt, es ist tatsächlich der Vater eines der Opfer. Das war bislang nur die einfachste Variante«, gab Werner zu bedenken.

»Wir werden seine Frau ...«, er blickte in die Akte, »Jasmin Taremi besuchen und nachfragen«, entschied Thomas.

»Dann übernehmt ihr beide jetzt die Leitung hier?«, fragte Werner.

»Was bleibt uns anderes übrig?«, meinte Denise und strich ihre Bluse glatt, während Thomas mit geschlossenen Augen sein Kinn massierte und überlegte. Als er sich nach einigen Sekunden nicht regte, sah Werner fragend zu Denise.

»Gleich, der Herr denkt gerade nach«, erklärte sie das Verhalten ihres Partners.

Nach weiterer zehn Sekunden, öffnete Thomas seine Augen.

»Dann sind wir ab sofort im Dienst. Denise, ab nach Hause, hol deinen Wagen, meinen Ausweis und Dienstwaffe. Wir werden Frau Taremi besuchen, jetzt sofort.« Er wandte sich Werner zu.

»Du erkundigst dich, ob es überhaupt eine theoretische Chance gibt, Gerald Foitner herzubringen. Nur theoretisch. Wir brauchen mehr Informationen, zur

Bank, den Geiseln, zu dem Mann, den wir für Mustafa Taremi halten. Die Polizisten sollen den Block sperren, aber nicht die Ringstraße, das wäre ein zu großes Chaos. Überlegt euch etwas, wie wir hineinschauen können, besorgt einen Raumplan, informiert den Geschäftsführer und haltet den Mann hin. Vielleicht hat er noch andere Wünsche oder lässt mit sich verhandeln, versuch es herauszufinden.«

Werner nickte.

»Das klingt ganz danach, als würde es noch ein langer Tag werden.«

Es dauerte zehn Minuten, bis Denise mit ihrem Wagen angerast kam. Unterdessen hatte Thomas seinen Vorgesetzten informiert und sich die Bestätigung eingeholt, um den Fall übernehmen zu können.

»Da wir zurzeit keinen Fall haben, gibt es kein Problem. Es schaut im Moment nicht danach aus, dass wir hier tagelang beschäftigt sein werden«, sagte er zu Werner, als sich Denise vor ihnen einbremste.

»Nettes Gefährt, was ihr da habt. Ein VW-Golf GTI, wahrscheinlich mit satten zweihundert PS ...«

»Zweihundertfünfundvierzig.«

Thomas gab Werner seine Visitenkarte.

»Wenn es Neuigkeiten gibt, meine Handynummer steht drauf.«

»Bis später. Ich hoffe, ihr kommt mit brauchbaren Informationen zurück.«

Die Männer nickten sich zu, dann setzte sich Thomas auf den Beifahrersitz. Denise reichte ihm seinen Dienstausweis und die Pistole.

»Adresse?«

»In den 22. Bezirk. Rugierstraße, ich werde dich lotsen.« Gleichzeitig holte er das Magnetblaulicht aus dem Handschuhfach und befestigte es auf dem Wagendach. Mit quietschenden Reifen wendete Denise das Fahrzeug und raste auf die Ringstraße.

Dank Blaulicht und Sirene kamen sie binnen weniger Minuten von der Innenstadt bis in die Donaustadt. Die Adresse gehörte zu einem langgezogenen, 7-stöckigen Gebäude, dessen Fassade an der Straßenseite in verschiedenen Grautönen gehalten war. Der schlichte, rechteckige Gemeindebau stammte aus den 70er-Jahren,

33

wie an der kahlen Seite zu lesen war. Auf der Rückseite gehörte zu jeder Wohnung ein Balkon, deren unterschiedliche Gestaltung das triste Grau auflockerte. Außerdem boten die Balkone eine Aussicht auf eine weitläufige Wiese, auf welcher sich ein Spielplatz, eine Hundefreilaufzone und vereinzelte Bäume befanden.

Denise erinnerte sich an die Besuche von damals.

»Die wohnt ganz oben, 7. Stock oder so.«

Thomas nickte und läutete an.

Ohne nachzufragen, ertönte binnen weniger Sekunden der Türsummer am Gebäudeeingang.

Beim Verlassen des Aufzugs stand Jasmin Taremi bereits an der Eingangstür. Die Enttäuschung, dass nicht ihr Mann aus dem Aufzug stieg, war ihr deutlich anzusehen.

»Was wollen Sie, wissen Sie etwas über meinen Mann?«

Sie stand im rosafarbenen Bademantel vor ihnen, darunter erkannte Thomas ein Shirt, welches bis zu den Knien reichte. Aus den Akten wussten Denise und Thomas ihr Alter, 48, doch ihr derzeitiger Zustand ließ sie viel älter aussehen. Tiefe Tränensäcke unter den kleinen Augen, zerzauste Locken und ein Blick, der Thomas an Drogensüchtige auf Entzug erinnerte.

»Leider nein. Dürfen wir bitte kurz eintreten, wir haben nur einige kurze Fragen«, sagte er.

Ohne eine Antwort zu geben, drehte sie sich um und verschwand in der Wohnung. Denise und Thomas folgten ihr, schlossen die Tür und trafen sie im Wohnzimmer, wo Jasmin Taremi mit verschränkten Armen vor ihnen stand. Nervös rieb sie ihre Oberarme, auch ihre Füße konnte sie nicht ruhig halten. Gleichzeitig blieb ihnen ihre Abneigung den Polizisten gegenüber nicht verborgen. Thomas konnte es ihr nicht verübeln, immerhin hatten sie ihr damals die Nachricht überbracht, welche ihr Leben völlig verändert hatte.

»Sie vermissen ihren Mann?«, begann Thomas, während Denise sich unauffällig umsah.

Die Wohnung war mit dem Notwendigsten eingerichtet, die Möbel wirkten alt und abgenutzt. Auf einem breiten Regal der Wohnwand standen mehrere Bilder der Familie, auf den meisten war auch der gemeinsame Sohn abgebildet. Das Porträtbild des Jungen, welches damals von den Medien verwendet wurde, war in einem silbernen Rahmen mit einer schwarzen Schleife versehen.

Es fiel auf, dass es keine aktuellen Bilder des Paares von der Zeit nach dem Verlust ihres Kindes gab.

»Ja. Ich dachte, Sie sind wegen ihm hier«, keifte Jasmin Taremi.

»Würden Sie mir bitte sagen, wann ...«

»Nicht schon wieder, das sind dieselben Fragen wie damals.« Die Frau schüttelte den Kopf.

»Ich habe gedacht ... Er hatte sich wieder voll im Griff ... Wahrscheinlich besser, als ich. Und jetzt tauchen Sie auf ... wieder auf und alles kommt wieder hoch.«

Denise kam näher.

»Hatte ihr Mann in letzter Zeit ... einen Rückfall?«

»Nein«, schoss es aus Jasmin Taremi heraus. Sie holte tief Luft und blickte zu den Bildern.

»Die letzten Wochen ... schon lange eigentlich, geht es ihm viel besser. Keine Schlägereien, kein Ausrasten, nichts. Er hat seinen Job wieder gerne gemacht, ist wieder gerne Taxi gefahren. Nachdem ich meinen Job verloren habe, hat er mehr Dienste übernommen. Wir brauchen das Geld, wissen Sie.«

»Ich verstehe Sie«, sprach Denise besonnen und versuchte damit, auf die aufgebrachte Frau einzugehen.

»Er ist also gestern normal zur Arbeit gegangen?«

Jasmin Taremi nickte.

»Nachtdienst. Bis sechs Uhr. Also sollte er längst... Er müsste schon lange wieder zurück sein.«

»Hat er sich zwischendurch gemeldet?«, fragte Thomas.

»Nein, aber das hat er nie gemacht. Ich ... ich habe ferngesehen und bin eingeschlafen. Und seit... sieben, halb acht versuche ich, ihn zu erreichen. Aber sein Handy ... es hat geläutet, aber er hat nicht abgehoben. Und jetzt komme ich gar nicht mehr durch.«

Thomas strich über sein Kinn.

»Wir befürchten, Ihr Mann ist dabei, eine Dummheit zu machen«, verriet er ihr, »Könnten Sie bitte mit uns mitkommen?«

»Es kann auch ein Missverständnis sein, Frau Taremi. Wir möchten nur sichergehen«, versuchte Denise die Frau nicht weiter aufzuregen.

Sie sah die beiden mit ausdruckslosen Augen an.

»Also doch«, flüsterte sie.

»Es ist nur eine Vorsichtsmaßnahme. Kann ich die Nummer ihres Mannes haben?«

Mit zitternder Hand griff sie nach dem Telefon auf dem Glastisch und zeigte Thomas die Nummer. Er verglich sie mit der von ihm gewählten. Ein kurzes Nicken zu Denise bestätigte ihr, dass die Nummern identisch waren. Ohne nachzufragen, wusste sie, was er nun vorhatte.

»Thomas, geh schon vor. Frau Taremi wird sich noch etwas frisch machen und anziehen«, sagte sie.

»Ja, bitte. Wie... Wie schlimm ist es?«

»Im Moment ist es nur eine Vermutung. Wir möchten nur sichergehen«, wiederholte Denise.

Thomas deutete auf ein Bild von Mustafa Taremi, auf dem er mit seiner Frau in einem Park stand.

»Darf ich mir das Bild ausborgen?«

Sie nickte.

»Ich warte unten.«

Kaum hatte er die Wohnung verlassen, zückte er sein Handy, und wählte die Nummer seiner Dienststelle und ließ sich zur Technikabteilung verbinden.

»TJ Kratochwil! Schön, dass du anrufst«, meldete sich eine junge männliche Stimme. Den hochdeutschen Dialekt erkannte Thomas sofort.

»Morgen, Dieter. Du musst ein Handy überprüfen.«

»Mann eh, kein ‚Wie geht es Dir?'. Kein ‚Hattest du auch einen schönen Abend?' Du bist immer so unhöflich direkt«, scherzte der Mann.

Dieter Brehme war nicht nur ein junger Kollege von Thomas, sondern zählte zu seinen engen Freunden. Öfters zogen sie nach Dienstschluss zusammen durch die Lokale und hatten auch beruflich immer wieder miteinander zu tun. Der Altersunterschied von fast zwanzig Jahren hatte zu Dieters Spitznamen »Kratochwils Lehrbub« geführt. Dieter war auch eine der wenigen Personen, die meist auf freche Art mit Thomas sprechen durften.

»Ich habe gerade keine Zeit für deinen Schmäh«, machte Thomas ihm die Situation klar. Er wusste, dass diese Aussage genügte, um ihm den Ernst der Lage klarzumachen.

»Verstanden TJ. Was brauchst du?«, wurde Dieter augenblicklich ernst.

»Eine Handyortung, aber das Handy dürfte abgedreht sein.«

»Kein Problem. Wenn SIM-Karte und Akku im Handy sind, kann man es orten.«

»Ich weiß«, meinte Thomas, »Und besorg auch gleich einen Gesprächsnachweis, den gestrigen Tag bis jetzt.«

»Ich gehe davon aus, die polizeiliche Genehmigung wird nachgereicht?«

»Natürlich«, versicherte ihm Thomas. »aber jetzt muss ich schnell an die Daten kommen.«

»Ich melde mich bei dir, gib mir dreißig Minuten.«

Kaum hatte Thomas aufgelegt, läutete es erneut. Werner war in der Leitung und klang nicht so ruhig wie zuvor.

»Du solltest schnellstens zurückkommen.«

Thomas, der inzwischen vor ihrem Wagen stand und über die Gebäudefront und die Balkone blickte, holte sich eine Zigarette aus der Packung.

»In ein paar Minuten fahren wir zurück. Vermutlich mit der Frau des Geiselnehmers.«

»Ihr werdet hier schon sehnsüchtig erwartet.«

»Von wem?«

»Die Kavallerie ist bereits da.«

»Die WEGA ist immer sehr flott ...«

»Nein, es wurde gleich die Cobra herbeordert.«

»Das ist... ungewöhnlich«, wunderte sich Thomas.

Er hatte damit gerechnet, dass eine Sondereinheit der Polizei hinzugerufen wurde, wobei in Wien normalerweise die Einsatzeinheit WEGA für diese Einsätze vorgesehen war. Aber nicht die Spezialeinheit Cobra, die für besonders gefährliche Einsätze ausgebildet war und nicht für den Fall eines einzelnen Mannes, der anscheinend aus Verzweiflung in einer Bank festsaß.

Er versprach, sich zu beeilen und steckte sein Handy wieder ein.

»Aber eine Zigarette wird sich noch ausgehen«, sagte er zu sich selbst.

In Gedanken ging er seine nächsten Schritte durch und überlegte, wie Jasmin Taremi ihren Mann zum Aufgeben überreden konnte. Die Möglichkeit, dass der

Geiselnehmer jemand anderes war, schob er im Moment beiseite.

Aus dem Augenwinkel nahm er eine ungewöhnliche Bewegung auf einem der obersten Balkone wahr. Erst einen Augenblick später erkannte er, dass eine Person über den Balkon fiel. Ohne ein Schreien zu vernehmen, sah er wie der Körper aus dem obersten Stockwerk zu Boden flog. Seine Zigarette fiel ihm aus der Hand, als er geschockt zusah, wie die Person zu Boden stürzte. Sein erster Gedanke war, wie ein Fallschirmspringer im freien Fall. Mit einem dumpfen Knall landete der Körper auf der Wiese. Sofort rannte Thomas los, obwohl er davon ausging, dass der Person nicht mehr zu helfen war. Als er über die Wiese rannte und den leblosen Körper sah, fiel ihm der rosafarbene Bademantel auf. Zwei Meter von der Leiche entfernt blieb er stehen und erkannte die Person, obwohl sie auf dem Bauch lag. Die Beine waren auf abstrakte Weise abgewinkelt, als wäre kein Knochen bei dem Sturz heil geblieben. Ein Unterarmknochen hatte sich durch das Fleisch gebohrt, der Arm zur Hälfte abgetrennt vom Körper. Der Kopf von Jasmin Taremi war zur Seite gedreht, das Gesicht nur zur Hälfte erkennbar. Aus der Nase trat Blut aus, das geöffnete Auge war blutunterlaufen.

»Verdammte Scheiße!«, stieß Thomas entsetzt aus.

11:15 Uhr

Erneut rief er auf seiner Dienststelle an, dieses Mal um ein Team der Spurensicherung zu informieren.

»Schickt einen Streifenwagen, der den Tatort absperrt. Ich muss zurück zur Bank. Gebt der Spurensicherung Bescheid, ich will so schnell wie möglich eine Obduktion.«

Denise kam ihm entgegengerannt.

»Was ist passiert?«, rief er ihr entgegen.

Denise stoppte vor ihm, atmete mehrmals tief ein und sah von der Leiche zu ihm. Sie war kreidebleich und verschwitzt.

»Sie war vollkommen ruhig, hat nur gemeint, dass sie das nicht noch einmal durchmachen will. Dann ist sie plötzlich losgerannt, raus auf den Balkon und gesprungen.«

»Einfach so? Was glaubst du, Drogen oder Verzweiflung?«

»Eher zweiteres. Eine tödliche Kurzschlussreaktion.«

»Und vor der Bank geht die Cobra in Stellung. Mit der Frau hätten wir eine Möglichkeit gehabt...«

»Die Cobra?«, fragte Denise überrascht.

Hinter ihnen bog ein Streifenwagen mit Blaulicht ein und kam näher.

»Wir müssen zurück«, entschied Thomas und winkte dem Fahrzeug zu. Die beiden Polizistinnen wurden schnell instruiert und angewiesen, dafür zu sorgen, dass Thomas auf dem Laufenden blieb.

Während Denise zurückfuhr, fand Thomas die Zeit, bei seiner Frau anzurufen.

»Wenn du jetzt anrufst, dann heißt das Überstunden«, meldete sich seine Frau ohne ein Wort der Begrüßung.

»Ja, Schatz. Ein mehr als unglücklicher Zufall, der uns zu einem ...«

»Uns?«

»Ja, Denise und ich waren auf dem Weg zur Dienststelle, da hat sich jemand gedacht, es wäre eine gute Idee, die Bank zu überfallen.«

»Banküberfälle sind normalerweise nicht dein Bereich.« Aus seiner Frau sprach die Skepsis und Eifersucht.

Wieder überkam Thomas das ungute Gefühl, dass sie längst von seiner Affäre wusste.

»Es hängt mit einem alten Fall zusammen. Ich werde es dir nachher erklären.«

»Ja, ja. Ich muss es nur mal wieder unserem Kind erklären. Bis später.«

»Bis später...« Noch bevor er weitersprechen konnte, war die Verbindung weg.

Während der restlichen Fahrt sprachen Denise und Thomas kein Wort. Thomas blickte aus dem Beifahrerfenster und wechselte in Gedanken zwischen den Problemen in seiner Ehe und dem gerade gesehenen Balkonsturz von Frau Taremi. Dabei war es nicht der Anblick der Frau, der ihn beschäftigte, sondern die Umstände.

»Wir sind wieder da!«

»Hallo, Thomas. Gibt es Neuigkeiten?« Werner klang locker und gut gelaunt. Für einen Moment überlegte Thomas, ob der Mann die Lage eigentlich ernst nahm.

»Eine tote Frau, die vermutlich die Ehefrau unseres Geiselnehmers ist«, antwortete Denise und sorgte für Erstaunen Gesicht bei Werner.

»Tot?«

»Suizid«, sagte sie nüchtern.

»Was gibt es hier zu berichten?«, unterbrach Thomas.

»Was wollt ihr zuerst hören? Das Gespräch mit Franz, Informationen über die Bank, die Ankunft der Spezialeinheit und des Direktors, oder mein Hunger, da ich kein Frühstück hatte.«

Thomas winkte einen der Polizisten zu sich und ordnete ihm an, im Lokal nebenan einige Leberkäse-Semmeln zu besorgen.

»Für mich bitte auch Kaffee«, sagte Werner, »Wenn möglich eine ganze Kanne, schwarz und ohne Zucker.«

Der Beamte nickte und marschierte davon.

»Ich höre«, forderte Thomas Werner auf, zu berichten.

»Nun gut, beginnen wir mit dem Telefonat. Franz meint es ernst, er will auch nicht als Zeichen seines guten Willens eine Geisel freilassen. Zitat des Herrn: Ich sage, wie es ist: Ich rechne nicht damit, hier lebend herauszukommen, deshalb habe ich nichts zu verlieren. Ich möchte niemanden verletzen, habe aber keine Bedenken. Mir ist egal, was mit mir passiert.

Damit habe ich das Problem, dass ich ihm nicht viel anbieten kann. Er klingt sehr gefasst. Wenn meine Vermutung richtig ist, hat er längst mit seinem Leben abgeschlossen und hat nur noch ein Ziel.«

»Deshalb die Cobra?«, fragte Denise und deutete auf den schwarzen Kastenwagen, vor dem acht Männer in Sturmhauben und voller Kampfmontur standen.

»Die sind überraschend gekommen. Der Einsatzleiter wartet nur auf den Befehl zum Stürmen. Ich konnte ihn überzeugen, dass du hier die Leitung hast. Hier ist der Plan der Bank, der mithilfe des Bankdirektors gezeichnet wurde.«

Er händigte Thomas den Gebäudeplan aus, auf dem die Innenräume verzeichnet waren.

Der Hauptbereich des Bankinstituts lag L-förmig an der Straßenseite. Auf dem Plan waren die Fenster, Mitarbeiterplätze und der Bankomat im Kundenbereich eingetragen. Ein Raum, welcher gegenüber der Fensterfront lag, war aufgeteilt in zwei identische Zimmer, dahinter ein weiterer Raum, dessen Wände besonders dick eingezeichnet waren. In diesem waren der Safe und die Reihe mit Schließfächern verzeichnet. Vom Kundenbereich führte eine Tür in die Räume für die Angestellten. Nebeneinander lagen Küche, WC und ein als Aufenthaltsraum gekennzeichneter Bereich.

»Oberhalb der Bank befinden sich Büroräume, inzwischen geräumt. Auch die Wohnungen und Büros im restlichen Gebäude sind mittlerweile leer. Das Lokal auf dieser Seite hat zwar geöffnet, es sind aber keine Kunden anwesend, und die Bar an der anderen Ecke öffnet erst abends.«

Thomas und Denise studierten den Plan. Neben ihnen erschien eine weitere Person.

»Kratochwil Thomas?«, fragte die tiefe, männliche Stimme streng.

Thomas sah auf und blickte in das Gesicht eines ungefähr 50-jährigen Mannes. Eine schwarze Sturmhaube verdeckte sein Gesicht ab der Nase abwärts. Die dunklen Augen fixierten ihn und verrieten einen konzentrierten, entschlossenen Gesichtsausdruck.

»Und Sie sind?«

»Simon Katzmann, ich leite die Spezialeinheit. Sie haben hier das Kommando?«

»Das ist korrekt, Herr Katzmann. Deshalb werden Sie sich im Moment noch zurückhalten, wir wollen nicht riskieren, dass es zu einem Blutbad kommt ...«

»Ich verstehe und nur damit das klar ist, wir sind nicht gekommen, um hier ohne Rücksicht auf Verluste einzudringen. Zuerst benötigen wir ein klares Bild der Gefahrenlage. Aber wir sind in Bereitschaft.«

Er deutete auf den Plan.

»Benötigen Sie eine Erklärung?«

»Gerne«, meinte Thomas und ließ den Mann zwischen sich und Denise kommen.

»Die Bank hat nur einen Zugang, hier von der Straße. Die nicht straßenseitigen Wände sind verstärkt. Die Fenster sind schusssicher ...«

»Was bedeuten die Zahlen?«, fragte Denise und deutete auf die Kennzeichnung »EN 1063 BR 7«, die unter den Fenstern stand.

»Die Fenster entsprechen der EU-Norm EN1063. Damit wird das Prüfverfahren für durchschusshemmende Verglasungen geregelt. BR7 bedeutet, dass die Scheiben selbst einem Beschuss durch unsere Sturmgewehre standhalten.

Im hinteren Bereich befinden sich Privaträume. Der Kundenbereich ist in drei Bereiche aufgeteilt. Neben dem Hauptraum gibt es einen Raum für Kundengespräche und einen Raum mit Schließfächern und einem Safe. Das bringt mich zu einer Randnotiz der Bank. Der maximale Bargeldbetrag in der Bank darf 10.000 Euro nicht übersteigen.

Die PvR-Bank, Paul van Reigen Bank, ist eine Privatbank, spezialisiert auf Aktien- und Wertpapierhandel, Schließfachkunden und Onlinedienste. Dazu wird Ihnen Herr Leopold von Götthans mehr berichten, er ist bereits eingetroffen.«

»Herr von was?«

»Leopold von Götthans, Geschäftsführer und Inhaber der Filiale.« Er deutete auf einen Mann im langen

Trenchcoat, der mit zwei übertrieben auffälligen Bewachern in schwarzen Anzügen und schwarzen Sonnenbrillen auf der anderen Straßenseite stand.

»Wir gehen bislang von einer Person aus, die zehn Geiseln hat. Aufgrund fehlender Videoüberwachung können wir nichts über die derzeitige Situation in der Bank und seine Bewaffnung in Erfahrung bringen. Das sollte sich aber in den nächsten Minuten ändern, unser Techniker versucht gerade, eine Leitung aufzubauen.«

Thomas' Handy läutete. Er entfernte sich einige Schritte und nahm den Anruf aus seiner Dienststelle entgegen.

»Hey, Mann, heute bist du ja ganz lustig unterwegs«, hörte er Dieter sagen.

»Tut mir leid, ich bin gerade nicht zu Scherzen...«

»Aufgelegt, schon verstanden. Wieso veräppelst du mich dann?«

Thomas hatte keine Ahnung, was der Kollege meinte.

»TJ, was soll ich dir erzählen, was du noch nicht weißt?«

»Wie bitte?« Thomas wurde langsam stinkig, weil er nicht verstand, was der junge Kollege andeutete. Werner und Denise gesellten sich zu ihm. Um beide mithören zu lassen, schaltete er den Lautsprecher ein.

»Also, wenn es kein Scherz sein soll, dann weiß ich auch nicht, TJ. Ich glaube eher, du willst mich testen.«

Verwundert blickten sich Thomas und Denise an. Werner hob nur die Schulter.

»Es ist eure Abteilung, nicht meine«, sagte er.

»Dieter, red endlich. Was ist mit dem Telefon? Hast du den Standort, hast du einen Gesprächsnachweis?«

Das Lachen von Dieter klang durch den Lautsprecher verzerrt.

»Wenn du möchtest, dann spiele ich dieses Spiel gerne mit. Also, die Funknetzortung des Telefons hat ergeben, dass es sich in einem Umkreis von fünf Metern von deiner derzeitigen Position befindet.«

»Was bestätigen würde, dass es sich bei Franz um Mustafa Taremi handelt.«

»Theoretisch. Aber die Netzabdeckung im ersten Bezirk ist so engmaschig, dass eine genauere Ortung möglich ist. Es sieht danach aus, als würde das Handy auf der Straße liegen, ungefähr dreißig Meter nordöstlich von der Bank entfernt. Wo stehst du gerade?«

Denise sah sich um und deutete auf den Mistkübel, der unweit von ihnen an einer Straßenlaterne befestigt war. Thomas nickte ihr zu, woraufhin sie nach Handschuhen verlangte.

»Zum Gesprächsnachweis. Nach deinem Telefonat mit Mustafa Taremi hat er nicht mehr telefoniert.«

Der Satz machte für Thomas keinen Sinn.

»Ich verstehe nicht.«

»Mustafa Taremi hat gestern nur mit zwei Personen telefoniert. Maryam Kohan, ich nehme an seine Schwester anhand ihres Mädchennamens. Und mit dem Taxiunternehmen Sardar-Taxi. Sein letztes Telefonat führte er mit dir, heute um exakt 5:32 Uhr. Danach gibt es nur noch unbeantwortete Anrufe, die auf seinem Handy eingegangen sind.«

»Nein, hat er nicht«, warf Thomas ein.

»Doch.«

»Nein!«, wiederholte Thomas.

»Und nochmal, doch. Du hast ihn heute früh angerufen.«

Thomas sah irritiert auf sein Handy, öffnete die Anrufliste, wo er die Nummer aber nicht fand.

»Ich kann um halb sechs niemanden angerufen haben. Da habe ich geschlafen.«

»Ich habe es mehrmals überprüft. Egal wie und warum. Sein letztes Telefonat kam von deiner Nummer«, blieb Dieter hartnäckig.

»Das macht keinen Sinn.«

»TJ, dafür bin ich nicht zuständig. Ich habe nur getan, was du mir angeschafft hast.«

»Ja, passt schon. Danke. Druck mir alles aus und lass es mir herbringen.«

»Jawohl, Chef.«

Thomas blickte in zwei neugierige Augenpaare.

»Ein Telefonat um halb sechs in der Früh?«, wunderte sich Denise. In ihrer Hand hielt sie ein abgedrehtes Smartphone in der Hand. Das Display war völlig demoliert.

»Ich werde das hier sicherstellen lassen.«

Thomas nickte ihr zu.

»TJ?«, war Werners Frage.

»Thomas Jaroslav Kratochwil. Bleiben wir bitte bei Thomas.«

»Okay. Was fällt dir zu dem Telefonat ein?«

Denise und Thomas sahen sich an.

»Ich kann definitiv nicht telefoniert haben«, war Thomas überzeugt.

»Das kann ich bestätigen«, stimmte Denise zu.

»Seid ihr beide um diese Zeit noch munter gewesen?«, wollte Werner wissen.

Nach einer kurzen Pause antwortete Thomas: »Nein, wir haben geschlafen. Aber...«

Werner wartete zwei Sekunden, bevor er das Wort ergriff.

»Es bleibt unter uns, auch wenn es sehr offensichtlich ist«, meinte er und deutete mit der Hand, dass Thomas weitersprechen sollte.

»Aber niemand hätte sich unbemerkt mein Telefon schnappen können, da ich... wir in einem Hotelzimmer waren.«

»Interessant. Und es ist immer noch ein Zufall, dass ihr bei eurem Morgenspaziergang genau zur richtigen Zeit hier vorbeigekommen seid?«

Ohne zu antworten, drehte sich Thomas weg und marschierte einige Schritte davon. Neben dem Einsatzwagen zündete er sich eine Zigarette an und lehnte sich gegen diesen.

»Gib ihm etwas Zeit«, sagte Denise.

11:45 Uhr

Zwei Minuten lang stand Thomas nur da, rauchte seine Zigarette und blickte dabei auf den Eingang der Bank. Den Stummel der fertig gerauchten Zigarette warf er vor sich auf den Boden, trat ihn mit dem Fuß so fest aus, bis sich nur noch auseinandergerissene Fasern unter seinem Schuh befanden.

Danach ging er an Werner und Denise vorbei, die gerade mit Semmeln vorsorgt wurden.

»Heißen Leberkäse haben die nicht, jetzt sind es ein paar Wurstsemmeln geworden«, meinte Denise und hielt ihm eine dick gefüllte Semmel hin.

Er winkte ab und ging über die Straße zu dem Geschäftsführer der Bank. Mitsamt seinen beiden Bodyguards wirkte er deplatziert zwischen den Uniformierten. Er sah Thomas näherkommen und nickte ihm zu, während sich Thomas einen ersten Eindruck von ihm verschaffte. Unter einem dunkelbraunen Trenchcoat trug er ein weißes Hemd und Krawatte. Ein Fedora-Hut und eine Brille mit verdunkelten Gläsern ließen nur wenig von seinem Gesicht erkennen. Die beiden Bodyguards in identen, schwarzen Anzügen, hatten ihre Brillen abgenommen, ihre aufmerksamen Blicke gingen ständig hin und her.

»Ich darf annehmen, Sie sind Herr Kratochwil«, begrüßte er den Bezirksinspektor. Thomas schätze sein Gegenüber auf sechzig Jahre.

»Bezirksinspektor Thomas Kratochwil. Ich habe hier die Leitung. Sie sind sehr schnell aufgetaucht.« Thomas musste sich bemühen, um nicht aggressiv zu klingen. Das Gespräch mit Dieter hatte ihn aus dem Konzept gebracht, mehr als der Selbstmord von Jasmin Taremi.

»Natürlich. Mir gehört diese Bank.« Die überhebliche Art des Mannes machte es Thomas schwer, die Ruhe zu bewahren.

»Das wäre gleich meine erste Frage. Haben Sie eine Ahnung, warum gerade Ihre Bank ausgesucht wurde?« Dabei deutete er auf eine weitere Bank am Ende der Gasse.

»Das wird Ihre Aufgabe sein, Herr Kratochwil. Dort drüben haben wir die Niederösterreichische Sparkassenbank. Was die Barreserven anbelangt, finden Sie dort weitaus mehr. Unsere Kunden schätzen unsere Expertisen beim Aktienhandel, wir bieten diverse Onlinedienste und Schließfächer. Die finden Sie aber in jeder guten Bank.«

»Sagen Ihnen die Namen Gerald Foitner und Mustafa Taremi etwas?«

Leopold von Götthans blickte zu seinen Begleitern. Beide schüttelten stumm den Kopf.

»Nein. Keiner der beiden Personen ist Kunde unserer Bank oder hat anderwärtig mit uns zu tun.«

Thomas ließ sich seine Verwunderung, wie gut und schnell der Herr informiert war, nicht anmerken.

Weitere hilfreiche Informationen erwartete sich Thomas von dem Mann nicht. Wortlos drehte er sich um, sah die Einsatzkräfte der Cobra diskutieren und steuerte die Gruppe an.

»Was soll ich tun? Es gibt Dinge, die technisch möglich sind und es gibt das hier«, verteidigte sich ein Beamter ohne Schutzausrüstung vor Simon Katzmann.

»Und was bedeutet das im Klartext?« Katzmann sah Thomas näherkommen und schüttelte den Kopf.

»Probleme?«, fragte Thomas nach.

»Neue Informationen über den Geiselnehmer. Er hat sich die Bank nicht zufällig ausgesucht. Wie der

Techniker vorhin schon erklärt hat, hat sich der Geiselnehmer intensiv mit dem EDV-System beschäftigt. Die Indoor-Kameras wurden allesamt abgeschaltet und vom Netz genommen. Da alle Aufzeichnungen digital gespeichert werden, haben wir keine Möglichkeit, darauf zuzugreifen.«

»Gibt es Bilder, wie er die Bank betritt, eine Kamera von ...?«

»Nein«, schnitt ihm Katzmann das Wort ab, »Die umliegenden Kameras befinden sich an der gegenüberliegenden Seite bei der anderen Bank und hinter Ihnen bei dem Möbelgeschäft. Wir können einen größeren Radius anfordern, aber dazu müssten wir wissen, nach wem wir suchen.«

»Da kann ich vielleicht helfen.« Thomas zog das Foto von Mustafa Taremi hervor.

»Dieser Mann sollte es sein.«

Katzmann beugte sich zu Thomas vor.

»Unter den bisherigen Bedingungen kann ich einen Zugriff nicht empfehlen. Besorgen Sie mehr Informationen, denn seine Forderung wird mit Sicherheit nicht erfüllt.«

12:00 Uhr

Fünf Minuten, eine Zigarette und eine Cola später, standen Thomas, Denise und Werner beisammen und sahen zur Eingangstür der Bank.

»Vorschläge?«, fragte Werner.

»Im Moment nicht«, musste Thomas zugeben, »dafür ist der Inhaber der Bank bereits bestens informiert.«

»Was vermutest du?«

Thomas schwieg, obwohl er eine Vermutung hatte. Simon Katzmann kam zu ihnen. Sein Gesicht, nun ohne Vermummung, zeigte keine Regung, weder ob er gute oder schlechte Nachrichten hatte.

»Wir benötigen mehr Informationen. Wann findet der nächste Kontakt mit dem Geiselnehmer statt?«

»Er wartet auf eine Antwort seiner Forderung«, meinte Werner und wandte sich an Thomas, »Vielleicht solltest du das Gespräch mit dem Innenminister hinter dich bringen.«

Dieser nickte.

»Danach kommen Sie zu mir, Kratochwil. Wir haben einen Vorschlag«, sagte Katzmann.

»Und welchen?«

»Nachher.« Der Cobra-Beamte machte kehrt und ging zu seinen Männern zurück.

»Dann muss ich jetzt die Krot schlucken.« Thomas zückte sein Handy.

»Sekretariat des Innenministeriums, was ...«, meldete sich eine Frauenstimme nach kurzer Warteschleife.

»Ich muss mit Innenminister Steinberger sprechen, dringend«, fiel Thomas ihr ins Wort.

»Der Minister ist ...«

»Dafür habe ich keine Zeit. Sagen Sie ihm einfach, Bezirksinspektor Kratochwil ist in der Leitung.«

Die Sekretärin klang nicht beeindruckt.

»Trotzdem ist der Minister gerade in einem Meeting. Wenn ich ihm etwas ausrichten kann …«

»Ja, können Sie«, fiel ihr Thomas erneut forsch ins Wort, »Sagen Sie ihm, es gibt eine Geiselnahme im ersten Bezirk und dabei spielt der Name Gerald Foitner eine Rolle. Sie sollten es ihm umgehend mitteilen, glauben Sie mir.«

»Einen Moment bitte.« Thomas wurde in die Warteschleife gesetzt, aber nur für wenige Sekunden.

»Was ist vorgefallen?«, meldete sich Michael Steinberger. Der eine Satz reichte aus, um seine Abneigung gegenüber Thomas erkennen zu lassen.

»Haben Sie von der Geiselnahme erfahren, die gerade im ersten Bezirk stattfindet?«

»Ich wurde informiert. Womit haben wir es zu tun und was hat das mit Foitner zu tun?«

»Wir vermuten, dass es sich um einen Vater der getöteten Kinder handelt. Er fordert, dass Gerald Foitner zu ihm gebracht wird und er ihn erschießen kann.«

Steinberger schwieg kurz, bevor er in sachlicher Tonlage antwortete.

»Ich muss Sie nicht darauf hinweisen, dass wir in Österreich keine Selbstjustiz tolerieren. Diese Forderung wird diesem Mann niemals gewährt.«

Thomas glaubte, ein »Leider« zu hören.

»Deshalb haben Sie gleich die Spezialeinheit geschickt?«, fragte Thomas.

Die kurze Pause des Ministers war ihm Antwort genug.

»Wir haben noch zu wenige Informationen aus dem Inneren, um die weitere Vorgehensweise zu entscheiden«, fuhr Thomas fort.

»Ich weise Sie darauf hin, dass die Spezialkräfte befugt sind, diese Situation zu klären. Dieser Mann muss schnellstmöglich aus der Bank.«

Für einen Moment war Thomas irritiert. Der Innenminister schien bestens informiert.

»Aber noch habe ich hier die Leitung. Vorerst wird niemand auf die Idee kommen und da hineinrennen.«

»Sobald sich eine Möglichkeit ergibt, muss diese Person neutralisiert werden«, machte Michael Steinberger seine Meinung nochmals klar. Thomas war versucht, einfach aufzulegen.

»Ich halte Sie auf dem Laufenden«, sagte er stattdessen.

»Darum möchte ich auch bitten.«

Ohne eine Verabschiedung beendete Thomas das Gespräch.

»Immer noch ein Ungustl«, fluchte er leise.

»Hast du etwas anderes erwartet?«, sagte Denise, die sich während des Gesprächs genähert hatte.

Thomas schüttelte den Kopf und bat sie, ihm zu folgen. Gemeinsam marschierten sie zurück zu Simon Katzmann, der von seinen Männern umringt vor dem Einsatzwagen stand.

»Wer hat euch herbeordert?«, fragte Thomas mit scharfem Ton.

Katzmann drehte sich zu ihm um, musterte ihn kurz und antwortete dann ruhig.

»Es ist die übliche Vorgangsweise, bei dieser Gefahrenlage.«

»Das stimmt so nicht«, konterte Denise, »Ich kenne mich vielleicht nicht vollends mit den Einsatz-gegebenheiten bei euch aus, aber die Cobra wird nicht gerufen, wenn wir so gut wie keine Informationen haben.«

»Es gibt Situationen, die einen sofortigen Einsatz verlangen.«

»Klartext!«, verlangte Thomas.

»Das unterliegt der Geheimhaltung. Nur soviel: Es gibt bestimmte Einrichtungen, bei denen wir bei Gefahr in Verzug umgehend informiert werden. Der Zugriff obliegt aber mir.«

»Oder hatten Sie den direkten Befehl des Herrn Innenministers?«, fragte Thomas nach.

»Kommen wir zu unserem weiteren Vorgehen«, überhörte Simon Katzmann seine Frage und winkte einen Kollegen in Zivilkleidung zu sich.

»Aufgrund der Tatsache, dass wir zu wenig bis nichts über die Vorgänge in der Bank wissen, werden wir den Pizza-Schmäh anwenden.«

»Den Pizza-Schmäh?«

»Ihr Kollege soll den Geiselnehmer anrufen. Inzwischen werden die Geiseln unruhig und hungrig sein. Wir werden ihnen einige Pizzen anbieten, um Zeit zu gewinnen.«

»Und wo liegt der Schmäh dabei?«

»Lassen Sie das nur unsere Sorge sein. Veranlassen Sie, dass die Pizzen zugestellt werden können, den Rest machen wir.«

Werner musste grinsen, als er von Denise und Thomas erfuhr, was der Cobra-Beamte vorgeschlagen hatte.

»Natürlich, das ist die einfachste und sicherste Variante. Ihr kennt ihn sicher, der Trick stammt quasi direkt aus dem Lehrbuch. Wir besorgen einige Pizzen, ein Beamter mit guter Auffassungsgabe bringt sie hinein und kann sich ein Bild von der Situation machen. Außerdem steckt im Pizzakarton ein Mikrofon, um mithören zu können.«

Werner sah auf seine Armbanduhr.

»Es wird sowieso Zeit, ein weiteres Telefonat zu führen. Kommt mit.«

Thomas nahm neben Werner Platz, Denise ließ die Männer kurz alleine, da sie noch einmal mit ihrer Schwester telefonieren wollte.

»Familienprobleme?«, fragte Werner nach.

»Soweit ich weiß, hat ihre Schwester eine schwere Trennung hinter sich und braucht viel Zuspruch. Denise hat erwähnt, dass sie unter Depressionen leidet und es im Moment besonders schlimm ist.«

Es dauerte fast eine Minute, bis das Telefon in der Bank abgehoben wurde.

»Ja?«

»Hallo, Werner hier«, begrüßte er den Geiselnehmer.

»Ist Gerald Foitner schon auf dem Weg?«

»Franz, dir muss doch klar sein, dass es nicht so einfach ist. Wir haben mit dem Innenminister gesprochen ...«

»Gerade der sollte mich verstehen.«

Werner kritzelte etwas auf den Notizblock vor sich.

»Das kann sein, aber unsere Rechtsprechung sieht weder die Todesstrafe, noch Selbstjustiz vor. Ich habe mir die Akte von Gerald Foitner angesehen und ich kann dich verstehen, Franz. Aber dieser Mann wurde weggesperrt und wird mit Sicherheit nicht vorzeitig oder überhaupt jemals wieder rauskommen.«

»Er lebt immer noch... die Kinder, die er ermordet hat, nicht. Nein, es gibt keine Alternative.«

»Franz, reden wir doch ganz offen. Bevor dir irgendjemand deine Forderung erfüllt, werden sie eher die Bank stürmen. Sie werden es als terroristische Handlung hinstellen und...«

»Und das Leben von zehn völlig unschuldigen Personen gefährden? Überlegen Sie doch bitte, diese Personen haben nichts damit zu tun. Sie sind völlig unschuldig, so wie es die Kinder waren.«

»Da wäre wir wieder beim Zeichen deines guten Willens. Wie wäre es mit einem Angebot: Du lässt ein, zwei Geiseln gehen und im Gegenzug ...«

»Werden die Polizisten verschwinden«, beendete Franz den Satz.

»Ich kann nicht alle Beamten wegschicken, das musst du verstehen. Aber wir können einige abziehen und die Cobra heimschicken. Wäre das eine Möglichkeit?«

Franz blieb ruhig. Werner blickte zu Thomas und Denise, die erwartungsvoll auf die Telefonanlage sahen.

»Okay«, sprach Franz leise.

Thomas deutete, mit dem Mann reden zu wollen.

»Franz, neben mir steht der leitende Inspektor, Thomas Kratochwil.«

Thomas strich sich über sein Gesicht und trat näher.

»Bezirksinspektor Kratochwil. Ich habe alles mitgehört.«

Er wartete einen Moment, aber es kam keine Reaktion vom anderen Ende der Leitung.

»Hör zu, wir werden folgendes machen: Ich schicke einen Großteil der Leute da draußen weg, auch die Cobra. Da schon etwas Zeit vergangen ist und wir alle nett zueinander sein wollen, werden wir ein paar Pizzen bestellen. Ich werde sie persönlich reinbringen und eine Geisel mitnehmen. Sind Kinder unter den zehn Personen?«

»Nein. Ich werde eine der beiden älteren Damen gehen lassen.«

»Gut, damit können wir alle gut leben. Gebt mir 30 Minuten, dann sind die Beamten weg und das Essen da.«

12:15 Uhr

Zwei Kilometer Luftlinie vom Geschehen entfernt, in der Unteren Augartenstraße im zweiten Wiener Gemeindebezirk betraten zwei vierzehnjährige Burschen das Kinderzimmer.

»Meine Eltern hackln bis am Abend. Darum habe ich ihnen nicht gesagt, dass wir früher aus haben«, sagte Niki, der seinen Freund Bernd zum ersten Mal mit zu sich genommen hatte.

»Dann können wir den ganzen Nachmittag lang spielen! Ich will sehen, wie gut du wirklich bei Fortnite bist. Ich darf´s nicht spielen, da sind meine Alten streng.«

Bernd sah sich in dem unaufgeräumten Zimmer um. Bis auf die Ecke, in der der Computer stand, herrschte das typische Jugendzimmer-Chaos. Gewand und Bücher auf dem Boden, ein Pizzakarton und eine leere Dose neben dem Bett auf dem Nachttisch. Auf dem Schreibtisch stapelten sich Jugendzeitschriften neben Schulheften.

»Hey cool, ein Teleskop. Du beobachtest Sterne?«, staunte Bernd, als er das Gerät beim Fenster erblickte.

»Nein voll nicht. Aber hier im Gemeindebau ist immer was los.«

Niki grinste verschwörerisch.

»Willst du was sehen?«

Er richtete das Teleskop ein, verdeckte es so weit wie möglich mit dem Vorhang und winkte seinen Freund zu sich.

»Schau durch, dort drüben, im dritten Stock. Das Fenster mit blauen Vorhängen.«

»Cooler Shit. Du kannst voll in die Wohnung reinschauen. Und du siehst alles, ich erkenne sogar, dass da ne Flasche Cola am Tisch steht.«

»Ja, das Ding war auch ziemlich teuer, hat mein Papa gesagt. Da drüben wohnt ne krasse Alte. Könnte glatt deine Mutter sein, aber viel heißer.«

»Bitte, keine Vergleiche mit meiner Mama, da vergeht´s mir. Hast ihr schon zugeschaut, beim ...«

»Ihr Schlafzimmer seh ich nicht, aber sie rennt oft in Unterwäsche durch die Wohnung. Und dort drüben... Du kennst doch Tamara aus der Parallelklasse?«

»Die schüchterne Schwarzhaarige?«

»Genau. Die hat nen Freund und ihr Zimmer liegt genau...«, Niki verschob das Teleskop nach links, »Hier.«

»Ist sie bei dem auch so schüchtern?«

»Bislang ja, ich hab sie nur beim Rumknutschen gesehen. Aber ich habe ihr schon beim Umziehen ...«

»Moment mal!« Bernd schwenkte das Teleskop etwas zur Seite, um ein anderes Fenster ins Visier zu nehmen. »Da liegt einer am Boden.«

»Schläft der seinen Rausch aus?«

»Das sieht wie Blut aus ...«

Niki stieß ihn zur Seite und blickte hindurch. Er stellte das Objektiv scharf, bevor er sich Bernd zuwandte.

»Krass! Der liegt wirklich in ner Blutlache. Glaubst du, wir haben da drüben eine Leiche gefunden?«

»Dein Vater ist Polizist, ruf ihn an. Er soll jemanden hinschicken«, schlug Bernd vor.

»Tolle Idee, soll ich ihm wirklich verraten, was ich hier mache? Außerdem ist er eine Schreibkraft, kein Kieberer, der draußen rumrennt.«

»Na stell dir vor, wir haben da vielleicht echt ne Leiche entdeckt. Das wäre die Story, damit sind wir die Helden der Schule.«

»Sie glauben doch nicht wirklich, dass wir einfach zusammenpacken und fahren?«, fuhr Simon Katzmann Thomas scharf an.

»Doch«, entgegnete Thomas ihm ruhig, »Sie werden sich verzupfen und dabei schön sichtbar für unseren Mann an der Bank vorbeifahren. Die Regeldienstkräfte werden ebenfalls minimiert. Die äußerste der drei Ringstraße-Fahrspuren bleibt geöffnet, die anderen beiden, die Straßenbahn auf unserer Seite, die Nebenfahrbahn und die Gasse hier bleiben gesperrt.«

Katzmann wollte erbost etwas erwidern, doch Thomas war noch nicht fertig.

»Aber zuerst lassen Sie ein halbes Dutzend Pizzen liefern. Das war immerhin Ihr Vorschlag.«

Simon Katzmann baute sich vor ihm auf.

»Was glauben Sie eigentlich, wen Sie vor sich haben?«

Thomas sah ihn ernst und entschlossen an.

»Ich glaube, ich habe das Notfall-Team vor mir, welches nun eine Runde fahren und in einer Seitengasse parken wird. Sie und Ihr Team werden außerhalb der Sichtweite warten. Ich will keinen übereilten Zugriff, der die anderen Geiseln gefährdet. Egal, welche Anweisungen Sie vom Innenminister bekommen haben.«

Thomas achtete auf eine Reaktion von Katzmann, doch dieser verzog keine Miene.

»Bislang hat er uns gegenüber keine Drohungen ausgesprochen und ist auf seine Forderung fixiert. Das müssen wir solange es geht ausnutzen.«

Der Cobra-Beamte ging Thomas' Plan im Kopf durch und nickte nach einigen Sekunden.

»Ihre Vorgangsweise ist situationsbedingt vertretbar. Wir werden die Pizzen holen und präparieren. Es wird auch eine Verbindung für den Einsatzwagen von Werner Ritter zur Verfügung gestellt.«

Denise und Werner, der auf seinem Posten geblieben war, sahen besorgt aus, als Thomas zu ihnen zurückkehrte.

»Was ist los?«, wollte er wissen.

»Werner hat ein schlechtes Gefühl«, meinte Denise.

»Wir haben schon mitbekommen, dass es sich hier nicht um einen herkömmlichen Überfall handelt. Mir ist aufgefallen, wie Franz spricht und das macht mir Sorgen. Er redet, wie ein Mann, der auf dem Dach eines Hauses steht und bereit zum Sprung ist. Oder wie ein Selbstmordattentäter, kurz bevor er seine Bombe sprengt. Dieser Mann hat mit sich abgeschlossen. Franz, oder Mustafa, hat sich damit abgefunden, den Tag nicht zu überleben.«

»Das bedeutet?«

»Wir haben da drinnen einen Mann, der nichts zu verlieren hat. Noch hat er ein Gewissen und einen Gerechtigkeitssinn. Noch will er niemanden verletzen. Die Frage ist, wie lange noch, wenn wir ihm nicht geben, was er verlangt.«

12:50 Uhr

Während sie auf die Lieferung warteten, entfernten sich die ersten Einsatzwägen. Auch der Einsatzwagen der Cobra fuhr davon, wie besprochen besonders auffallend an den Fenstern der Bank vorbei. Denise rief erneut ihre Schwester an, Werner leistete Thomas Gesellschaft, der sich erneut eine Zigarette angesteckt hatte.

»Du rauchst zu viel.«

»Heute ist ein schlechter Tag zum Aufhören.«

»Willst du nicht auch daheim anrufen?«, schlug Werner vor.

»Keine Lust auf Diskussionen«, sagte Thomas.

Als Denise zu ihnen kam, erkundigte sich Werner nach ihrer Schwester.

»Ihr Exfreund gibt keine Ruhe. Sie hat Schluss gemacht, nachdem ihm mehrmals die Hand ausgerutscht ist. Außerdem hat er sie mehrfach betrogen. Jetzt lässt er sie nicht in Ruhe, will sie zurück und das auch mit Drohungen.«

»Du bist bei der Polizei«, gab Werner zu bedenken.

»Ja, aber sie ist hin und her gerissen, ob sie ihm nicht noch eine Chance geben will.«

»Warum?«

»Tja, wo die Liebe hinfällt«, meinte Denise und hob dabei die Schultern, »Ich habe ihr gesagt, sie soll ihn vergessen, aber so leicht ist es nicht. Egal, konzentrieren wir uns auf Mustafa«, sagte sie und deutete auf den Zivilbeamten, der mit einem Stoß Pizzaschachteln erschien.

Thomas ging ihm entgegen und nahm sie ihm ab.

»Sie sind bereits verwanzt. Herr Ritter soll auf die Polizeifrequenz Fünf wechseln, dann ist er mit uns verbunden und kann mithören.«

Mit den Schachteln in der Hand steuerte Thomas auf die Eingangstür der Bank zu. Wenige Meter vor der Tür blieb er stehen, stellte die Schachteln auf der Motorhaube eines Fahrzeuges ab und zog seine Dienstwaffe.

»Franz! Siehst du, ich lege meine Waffe ab!«, rief er der Tür entgegen und legte seine Pistole auf die Motorhaube, bevor er die Schachteln wieder aufnahm.

Vor ihm wurde die Tür einen Spalt breit geöffnet. Eine junge Frau blickte ihm verängstigt entgegen. Sie hatte geweint, das dunkle Make-Up um ihre Augen lief über ihr Gesicht.

»Ich ... ich soll die Pizzen nehmen. Frau Berthold steht neben mir und... sie darf ... sie kommt raus«, stotterte sie.

»Ich verstehe. Ganz ruhig, wir werden sie alle unbeschadet rausholen. Ihr seid zehn Geiseln?«

Die Frau nickte.

»Und er ist alleine?«

Wieder ein Nicken.

»Eine Pistole in der Hand... aber eine Sporttasche ... Ich weiß nicht, was ... aber er hat sie vor uns versteckt. Ich glaube ...«

Thomas wusste, was sie meinte und drückte ihr die Pizzaschachteln in die Hand.

»Wir werden euch alle rausholen, versprochen.«

Die junge Frau verschwand mit den Kartons und eine ältere Frau im blauen Hosenanzug schlüpfte ins Freie. Sie wirkte weitaus gefestigter, sowohl ihr Make-Up als auch ihre schulterlangen, grauen Haare waren bestens gestylt.

»Lassen Sie uns von hier verschwinden. Ich werde Ihnen gleich einen Überblick geben, Herr Inspektor«, sagte sie bestimmend und ging an ihm vorbei.

Thomas folgte ihr, schnappte sich wieder seine Waffe und führte sie zu Denise und Werner. Während Werner die Verbindung zu den Wanzen herstellte, wollten Denise und Thomas Einzelheiten aus der Bank erfahren.

»Zuerst zu meiner Person«, sagte die Frau mit resoluter Stimme, »Ich bin Maria Berthold, 72 und Wienerin. Der Herr in der Bank ist sehr freundlich und hat uns versichert, er wolle niemanden etwas antun. Seine genauen Beweggründe haben Sie ja schon mitbekommen.«

Thomas zog das Bild von Mustafa Taremi hervor und zeigte es der Frau.

»Ist das der Mann?«

Sie nahm das Bild und studierte das Porträt.

»Ich habe ihn nicht so genau angesehen, aber die langen Haare, der Bart ... die Augen glaube ich auch. Ja, ich bin mir ziemlich sicher, dass dies eine Aufnahme des Mannes ist.«

Denise beugte sich zu Thomas.

»Also ist es Mustafa. Damit wären wir wenigstens einen Schritt weiter.«

»Schnell kommt rein!«, rief Werner ihnen zu.

Thomas winkte einen Beamten zu sich, der die Personalien aufnehmen sollte, und bedankte sich bei der Dame, bevor er Denise ins Innere des Kommandofahrzeugs folgte.

»... kommen von den Polizisten, also keine Sorge. Sie werden nicht vergiftet sein, versprochen«, hörten sie dieselbe Stimme, die auch mit ihnen gesprochen hatte. Nach einer kurzen Pause hörten sie ein unverständliches

Flüstern, bevor die bekannte Stimme leise sagte: »Der Sprengstoff dient nur als Abschreckung. Ich will ihn nicht benutzen, aber wenn die auf die Idee kommen, hereinzustürmen, wird das ganze Gebäude in die Luft fliegen. Aber das muss ich jetzt noch nicht als Druckmittel verwenden.«

Kurz danach riss die Verbindung ab und ließ Denise, Werner und Thomas erschrocken zurück.

13:05 Uhr

Immer noch stand ihnen der Schock ins Gesicht geschrieben, als sie aus dem Kommandowagen traten und dem Einsatzleiter der Spezialeinheit gegenüberstanden. Im Gegensatz zu vorhin trug er nun zivile Kleidung, Jeans und ein langärmeliges Hemd.

»Wie ernst können wir diese Aussage nehmen?«, fragte Katzmann.

»Wie schon erwähnt, der Geiselnehmer klingt entschlossen und hat überzeugend dargestellt, dass er nicht damit rechnet, als freier Mann hier herauszukommen«, antwortete Werner.

»Oida, warum ist die Verbindung abgerissen?«, fluchte Thomas.

»Das kann mehrere Gründe haben«, meinte Katzmann ruhig, »Der Unwahrscheinlichste ist, dass die Abhörgeräte gefunden wurden. Da die Mikrofone in den Schachteln versteckt sind, kann es sein, dass diese entsorgt und dabei beschädigt wurden.«

»Es ist aber schon auffällig, dass wir nur diesen Ausschnitt hören und dann nichts mehr«, gab Werner zu bedenken.

»Sie sind der Psychologe, was ist Ihre Einschätzung?«, forderte Katzmann von Werner.

»Es ist ihm zuzutrauen. Wie er an das Material gekommen sein soll, müsst ihr klären.«

»Was wissen wir über diesen Mann?«, wollte Katzmann erfahren.

Mehrere Sekunden lang schwiegen die Männer und überlegten.

»Ich deute diese Pause als negative Nachricht.«

»Genau genommen haben wir nichts als Indizien und die Aussage der einzigen inzwischen freigelassenen Geisel.

Demnach wissen wir nur, dass ein Mann da drinnen mit einer Pistole neun Geiseln festhält«, fasste Werner zusammen.

»Das ist nicht viel«, meinte Katzmann wenig begeistert.

»Die Indizien sprechen dafür, dass es sich bei dem Geiselnehmer um Mustafa Taremi handelt. Er hat ein eindeutiges Motiv«, erzählte Thomas von ihren bisherigen Erkenntnissen. Er berichtete Katzmann auch den Selbstmord von Jasmin Taremi.

»Seine Frau war scheinbar davon überzeugt und hat in ihrer Panik nur einen Ausweg gesehen.«

»Was mit ein Grund sein kann, dass er ebenfalls diesen letzten Ausweg sieht«, fügte Werner hinzu.

»Dann gibt es noch die Sache mit dem Anruf bei Mustafa...«, fügte Denise mit einem sorgenvollen Blick zu Thomas hinzu.

»Das blende ich zurzeit aus«, stellte Thomas klar, »Ich hatte keinen Kontakt mit ihm, darüber mache ich mir später   Gedanken.«

»Muss ich das verstehen?«, fragte Katzmann, doch Werner beschwichtigte ihn.

Gerade als sich Thomas unter kritischen Blicken von Werner und Katzmann eine Zigarette anzündete, läutete sein Handy, eine ihm unbekannte Nummer.

»Spreche ich mit Bezirksinspektor Thomas J. Kratochwil?«

»Ja, das bin ich«, antwortete Thomas, verwundert über die Nennung seines Namens, wie er auf seiner Visitenkarte stand.

»Günther Rampold, Polizeiinspektion Lassallestraße. Wir haben hier eine Leiche und Ihre Anwesenheit wäre ...«

»Ich bin gerade mitten in einem akuten Fall«, unterbrach Thomas den hörbar jungen Kollegen, »Wieso kommen Sie gerade jetzt auf mich?«

»Weil Ihre Visitenkarte auf dem Ermordeten liegt.«

Thomas erstarrte. Er ging in Gedanken die wenigen Spitzel durch, die ihm hin und wieder Informationen lieferten.

»Um wen handelt es sich?«

»Der Tote wurde als Mustafa Taremi identifiziert.«

Die gerade angezündete Zigarette fiel ihm aus der Hand und landete neben seinen Füßen auf dem Asphalt. Beinahe wäre ihm auch das Handy aus der Hand geglitten.

13:30 Uhr

Zwischen Werner und Simon Katzmann stehend, blickte Denise dem davonfahrenden Thomas hinterher.

»Wie werden wir weiter vorgehen?«, wollte Katzmann wissen.

»Ich werde in einer halben Stunde unseren Franz anrufen und ihm von einem Gespräch mit einigen Ministern erzählen. Dabei werde ich versuchen, ihm seinen Wunsch auszureden, oder einen anderen Deal auszuhandeln. Wenn es stimmt, und der Bezirksinspektor fährt gerade zu Mustafa Taremis Leiche, stehen wir wieder am Anfang.«

»Die anderen Personen, die wegen der Verbindung zu Gerald Foitner in Frage kommen würden, sind überprüft worden«, gab Denise zu bedenken.

Simon Katzmann hob die Schultern.

»Das betrifft mich nur am Rande. Wir werden weiterhin in Alarmbereitschaft bleiben, für den Fall, dass sich die Situation spontan ändert.«

Während er davonging, studierte Werner Denises' Gesichtsausdruck.

»Du wirkst angespannt.«

»Ich mache mir Sorgen um Thomas.«

»Wieso?«

»Dieser Tag ist völlig... verrückt. Ich hätte nicht vorschlagen sollen, dass wir noch in die Arbeit gehen. Ein Spaziergang in die Stadt hinein und ...«

»Ihr hattet beide heute frei?« Werner formulierte es als Frage, obwohl er die Antwort längst wusste.

»Ja. Thomas wollte den Tag mit seiner Tochter verbringen. In letzter Zeit gab es einige viel zu lange Dienste.«

Werner sah sie abwartend ab.

73

»Ein paar Dienste waren vielleicht anderswertig verplant, aber das ist eine andere Geschichte.«

»Eine rein private?«

»Ja.«

»Und seine Frau weiß von nichts?«

Denise schüttelte den Kopf.

»Das soll sich auch nicht ändern. Er will weder seine Ehe riskieren, noch sein Kind verlieren.«

»Und du?«

Denise wich seinem Blick aus.

»Ich akzeptiere es. Es hat für uns beide Vorteile, über mehr denke ich nicht nach. Ich genieße einfach die Zeit.«

Werner fragte nicht weiter nach, musterte sie aber noch einige Augenblicke lang.

13:40 Uhr

»Wir sind bei der Adresse.«

Der Polizist, mit dem Thomas an den Ort des Leichenfundes fuhr, parkte den Wagen vor der Garage des Wohnhauses zur Hälfte auf dem Gehsteig. Zwei uniformierte Beamte kamen ihm bereits entgegen.

»Ich werde auf Sie warten, Herr Bezirksinspektor.« Thomas dankte dem Mann und stieg aus. Er blickte auf eine mattgelbe Fassade, deren Fenster alle mit einem dicken weißen Rahmen versehen waren. Die Adresse sagte ihm nichts, er konnte keinen Zusammenhang zu dem damaligen Fall der Kindermorde oder zu Mustafa Taremi herstellen.

»Ich hoffe, Sie können uns das erklären«, sagte der Polizist, ohne eine Begrüßung. Sein Kollege war kreidebleich, Thomas vermutete, dass er noch nicht viele Leichen gesehen hatte.

»Das hoffe ich auch, wo ist der Tatort?« Er wollte weder Zeit verlieren, noch über die derzeitige komplexe Situation nachdenken. Zuerst wollte er die Bestätigung, dass die Leiche tatsächlich Mustafa Taremi war.

Die Wohnung lag im dritten Stock des Gemeindebaus, der rund um einen Innenhof mit Grünfläche und Spielplatz gebaut war. Auf ihrem Weg zur Wohnung wurde Thomas informiert, dass zwei Jugendliche den Toten entdeckt hatten. Als er erfuhr, wie sie die Leiche gefunden hatten, musste er schmunzeln.

»Einer der beiden Burschen hat seinen Vater angerufen. Dieser arbeitet bei uns als Schreibkraft. Wir sind sofort hergefahren, die Wohnungstür war nicht verschlossen und so haben wir den Toten im Zimmer liegend aufgefunden.«

»Die Spurensicherung ist bereits anwesend, die Gerichtsmedizinerin ebenso. Sie war beim Eingang des Anrufes gerade auf unserer Dienststelle. Die Tatsache, dass Ihre Visitenkarte...«, meinte der blasse Kollege, doch Thomas schnitt ihm das Wort ab.

»Ich bin mit der Vorgangsweise vertraut. Entweder es ist ein Informant von mir oder eine Person, die aus gutem Grund eine Karte von mir eingesteckt hat, oder es muss ein anderer Kollege den Fall vorläufig übernehmen.«

Gleich beim Eintreten fiel Thomas auf, dass die Wohnung völlig leer war. Kein einziges Möbelstück stand im kahlen Vorzimmer, die Wände allesamt weiß. An der Decke hingen nur Glühbirnen anstatt Lampen. Im darauffolgenden Zimmer lag die Leiche, daneben kniete eine Frau in Thomas' Alter. Der weiße Mantel und die blauen Handschuhe verrieten ihm, dass es sich um die Gerichtsmedizinerin handelte. Sie sah kurz auf, registrierte, dass sie Thomas nicht kannte, und blieb neben der Leiche knien.

»Guten Tag. Bevor Sie viele Fragen stellen, das Nötigste zuerst. Männliche Leiche, nach dem Ausweis, den er bei sich hatte, als Mustafa Taremi identifiziert. Offensichtliche Todesursache wird die Kugel in seinem Brustkorb sein, Herzschuss mit einer Pistole, Neun Millimeter.«

»Sie wissen jetzt schon die genaue Kalibergröße?«

Die Ärztin deutete auf einen Bezeichnungsaufsteller mit der Nummer »2« neben ihr.

»Das liegt daran, dass neben der Leiche die Hülse gefunden wurde.«

Der blasse Polizist hob eine kleine Beweismitteltasche hoch.

Thomas trat näher und blickte auf die Leiche. Er erkannte Mustafa Taremi wieder.

»Mist, das ist er wirklich«, fluchte er leise.

»Haben Sie sich jemand anderen erhofft?«, fragte die Ärztin nach.

»Um ehrlich zu sein, ja.«

Der tote Mann lag ausgestreckt mitten im Raum, die Arme an den Körper gelegt. Sein braunes Hemd war auf der Brustfläche vom Blut vollgesogen, darauf lag die ehemals weiße Visitenkarte von Thomas. Auch sie war fast durchgehend rot, was ihn vermuten ließ, dass die Leiche schon länger hier lag.

»Die Leiche wurde eindeutig in diese Position hingelegt, niemand stirbt so. Er dürfte aber in diesem Zimmer erschossen worden sein«, erklärte die Ärztin, während sie sich erhob und ihr Equipment zusammenpackte.

»Der Todeszeitpunkt liegt bei sechs Uhr«, ergänzte sie ihre vorläufige Beobachtung.

»Also knapp nach dem angeblichen Anruf«, murmelte Thomas und sah sich die Wohnung genauer an. So wie der Vorraum waren auch das Wohnzimmer und alle anderen Räume vollkommen kahl und unbewohnt. Im Badezimmer fehlte die Waschbeckenarmatur, dem Duschschlauch fehlte der Brausekopf. In der Küche ragten anstatt Steckdosen nur Kabel aus der Mauer.

»Haben Sie sich erkundigt, ob Mustafa Taremi diese Wohnung gehört?«, fragte er, als er zurück ins Wohnzimmer kam.

»Nach Auskunft der Genossenschaft steht die Wohnung seit Monaten leer. Sie ist aber reserviert, eine Anzahlung wäre bis Ende des Monats fällig«, sagte der Polizist und sah Thomas dabei abwartend an.

»Wer hat sie reserviert?«

»Interessant, dass Sie das fragen, denn die Reservierung läuft auf Sie, Herr Kratochwil.«

Thomas blickte von den beiden Polizisten zur Ärztin und zur Leiche.

»Kein Scherz?« Mehr fiel ihm dazu nicht ein. Die Polizisten schüttelten den Kopf. Für einen Moment schloss Thomas die Augen und holte tief Luft.

»Wollt ihr mich pflanzen?«

14:00 Uhr

»Wie kann diese Wohnung für mich reserviert sein?«

»Normalerweise«, antwortete die Medizinerin neben ihm, »indem man sich nach einem Objekt wie diesem erkundigt und dem Wohnungseigentümer mitteilt ...«

»Fangen wir mit der Tatsache an, dass ich von nichts weiß«, unterbrach Thomas sie verärgert.

Die Frau schüttelte den Kopf und griff nach ihrer Tasche.

»Da es sonst nichts für mich zu tun gibt, werde ich mich auf den Weg zur MedUni machen. Es wird wohl heute noch Arbeit auf mich zukommen.«

Der junge Polizist, dessen Gesicht immer noch nicht an Farbe gewonnen hatte, begleitete die Ärztin hinaus und kam kurz darauf mit zwei Jugendlichen zurück. Um sich und den Burschen den Anblick zu ersparen, blieb er im Vorzimmer stehen und rief Thomas zu sich. Sie stellten sich als Niki und Bernd vor, wobei Niki in der Gemeindebauanlage wohnte.

»Ihr habt die Leiche entdeckt?«

»Ja. Also wir waren da drüben ...«, Niki deutete zum Fenster, das in den Innenhof führte, »... und ich habe Bernd mein Teleskop gezeigt.«

»Genau. Wir haben nur probiert, wie gut es ist.«

»Was habt ihr zwei überhaupt mit dem Teleskop sehen wollen?«, fragte Thomas, konnte sich aber im nächsten Moment die Antwort denken.

»Nichts!«, schossen beide Teenager gleichzeitig hervor.

Thomas schmunzelte, denn Lügen konnten beide sehr schlecht. Er lehnte sich vor und flüsterte: »Ein Mädel aus eurer Schule oder eine andere Frau? Wenn ich richtig liege, einfach nur nicken.«

Mit hochrotem Kopf nickten beide schuldbewusst. Da sie sonst nichts beobachtet hatten, ließ Thomas die beiden Burschen wieder gehen. Zur Verabschiedung drucksten die Teenager herum. Auf Thomas' Nachfragen fasste Niki genug Mut, um zu fragen.

»Könnten wir ... also, wenn es nicht verboten ist ... Ich meine, das glaubt uns keiner in der Schule...«

»Nein«, half ihm Thomas, das Thema schnell zu beenden, »ihr dürft kein Handyfoto machen. Das ist ein Tatort.«

Wieder zu dritt vor der Leiche stehend, strich sich Thomas über sein Kinn und versuchte, seine Gedanken zu ordnen.

»Der Leichenwagen ist angekommen. Ich werde ihnen entgegengehen«, meinte der blasse Kollege und war sichtlich froh, die Wohnung verlassen zu können.

Der zweite Polizist wandte sich Thomas zu.

»Es ist offensichtlich, dass Sie unbedingt mit der Leiche in Verbindung gebracht werden sollen. Sie müssen wissen, die Patronenhülse ...«

»Neun Millimeter, wie unsere Glock«, sagte Thomas und deutete auf seine Dienstwaffe, »Wenn es meine Waffe war, wird man keine Schmauchspuren an mir finden. Mein letzter Schuss liegt vier Monate zurück.«

»Wer ist dieser Mustafa Taremi? Wie stehen sie beide in Verbindung?«

»Er war ein Befragter in einem zurückliegenden Fall. Danach hatte ich keinen Kontakt mehr mit ihm, bis auf eine Aussage vor Gericht. Bis heute, da stand er im Verdacht, in die Geiselnahme im ersten Bezirk involviert zu sein.«

»Ah, die Sache auf der Ringstraße. Die Medien sind sich uneins, was genau vorgeht. Ich habe gehört es gibt von oberster Stelle eine Nachrichtensperre. Was geht denn dort ab?«

»Scheinbar will jemand, dass ich einen ganz beschissenen Tag habe. Es ist jedenfalls eine sehr unklare Sache, die durch den Toten hier noch undurchsichtiger wird.«

Der zweite Polizist erschien mit den Bestattern. Thomas wollte vor dem Abtransport noch die Taschen von Mustafa Taremi durchsuchen, doch das hatten die beiden Polizisten schon erledigt.

»Nur die Geldbörse mit Ausweis, etwas Geld, die üblichen Karten und ein Autoschlüssel. Das dazugehörige Taxi steht vor der Haustür.«

»Handy?«

»Fehlanzeige.«

Thomas musste einsehen, dass er hier nichts mehr herausfinden konnte. Deshalb entschied er, sich zurückfahren zu lassen. Den Bestattern richtete er aus, dass die Ergebnisse der Obduktion umgehend an ihn weitergeleitet werden sollten.

14:20 Uhr

Verärgert schmiss Thomas die Tür des Einsatzwagens zu und marschierte in Richtung des Kommandowagens, wo er Denise und Werner erblickte. Im Wageninneren gab er ihnen eine Zusammenfassung seines Ausflugs.

»Also ist Mustafa Taremi seit der Früh schon tot?« Denise massierte ihre Schläfen, schüttelte ungläubig den Kopf und stellte sich dann zu Thomas.

»Damit haben wir keine Ahnung, wer Franz ist und welches Motiv er hat«, stellte Werner resignierend fest.

»Soll ich nochmal alle Personen von damals durchgehen?«, bot sie Thomas an. Dabei strich sie ihm über den Arm, um ihn etwas zu beruhigen.

»Ja. Es macht einfach hinten und vorne keinen Sinn. Gibt es was Neues wegen dem Handy von Mustafa?« Sie schüttelte den Kopf.

»Ich habe es durch einen Beamten sofort zur Untersuchung geschickt, aber noch nichts erfahren. Aber auch darum werde ich mich kümmern.«

»Ist euch eigentlich aufgefallen, wie ruhig es ist?«, fragte Werner und erntete verständnislose Blicke.

»Na ja, wir haben einen Geiselnehmer, wir wissen, was er fordert und wir haben inzwischen fünf Stunden Einsatzzeit. Sitzt Franz da drinnen ruhig und gelassen mit den Geiseln beisammen und wartet einfach ab?« Thomas musste ihm zustimmen.

»Es wird Zeit, dass wir die Initiative übernehmen«, versuchte er sich und den anderen Mut zuzusprechen.

»Ich bin für Vorschläge offen«, meinte Werner und machte mit den Händen eine einladende Geste.

»Nach unserem derzeitigen Wissensstand gibt es nur schlechte Optionen. Wenn ...«

Das Läuten von Werners Handy unterbrach ihn. Als Thomas die Nummer sah, reagierte er mit einem leisen Fluchen.

»Der Herr Innenminister möchte mit dir sprechen.«

Werner grinste kurz und nahm den Anruf entgegen.

»Ich verlange, dass Sie dieser Situation augenblicklich ein Ende bereiten«, meldete sich Innenminister Michael Steinberger über den Lautsprecher für alle hörbar im Wagen ohne jegliche Begrüßung.

»In Österreich beginnt man mit einem Grüß Gott oder Ähnlichem«, gab Thomas trocken als Antwort.

»Dafür habe ich keine Zeit. Ich möchte Sie darauf hinweisen, dass ich in meiner Funktion als Innenminister die Befehlsgewalt über den Polizeiapparat ...«

»Und?«, unterbrach Thomas den Innenminister schroff.

»Und ich ordne an, den mutmaßlichen Geiselnehmer sofort und mit allen verfügbaren Mitteln aus der Bank zu entfernen!«

»Zuvor sollten wir einen Überblick bekommen ...«, versuchte Werner mit ruhiger Stimme zu vermitteln.

»Ich habe bereits mit dem Leiter der Spezialeinheit gesprochen.«

»Sie haben die Cobra herbeordert!«, warf ihm Thomas vor.

»Sie haben noch eine Stunde, dann gebe ich den Befehl zum Stürmen der Bank«, meinte Steinberger bestimmend.

»Das ist völlig unverantwortlich!«, fauchte Thomas.

»Nein, es ist notwendig, da von Ihrer Seite nichts kommt. Sie haben keinen Plan!«, brüllte der Innenminister aufgebracht.

»Ich will, dass den Geiseln nichts zustößt. Ein unüberlegter Zugriff ...«

84

»Dann überlegen Sie schneller! Was haben Sie denn bisher gemacht?«

Thomas wollte antworten, aber Werner kam ihm zuvor.

»Dieser Befehl sollte mit der Leitung vor Ort und der Spezialeinheit abgesprochen werden«, machte er einen weiteren Versuch, die Situation nicht eskalieren zu lassen.

»Nicht, wenn die Leitung in meinen Augen inkompetent ist.«

Wütend drückte Thomas auf den roten Auflegeknopf des Telefons, übersah aber, dass er das Gespräch nicht beendet hatte.

»Trottel depperter, was glaubt dieser Fetznschädl, mit wem er da redet?«, fluchte er wutentbrannt.

»Ich bin noch dran«, schrie der Minister zurück, was Thomas aber wenig beeindruckte.

»Hoits zam und hau di über die Häuser!«, keifte er zurück und legte richtig auf.

Denise war bei Thomas, hielt mit einer Hand seinen Oberarm. Werner erhob sich, holte zwei Mineralwasserflaschen aus dem Kühlschrank und reichte sie Denise und Thomas.

»Eine Stunde ist nicht lang«, meinte er ruhig.

»Was machen wir?«, fragte Denise.

»Ich brauche frische Luft«, sagte Thomas, immer noch aufgebracht und verschwand aus dem Kommandowagen.

14:35 Uhr

Thomas atmete mehrmals tief durch, während sein Blick über die Ringstraße und die Bank schweifte. Wo ansonsten dichter Verkehr herrschte, fuhren nur vereinzelt Fahrzeuge vorbei, obwohl nur eine Spur offen war. Thomas stellte fest, dass das Einsatzteam der Cobra auf der gegenüberliegenden Seite bei der Filiale des Automobilclubs Stellung bezogen hatte. Er musste Werner zustimmen, vor der Bank war es ungewöhnlich ruhig. Der Geschäftsführer war immer noch mitsamt seiner Bodyguards anwesend. Im Kopf ging er die letzten Stunden nochmals durch, wobei er aber zu keinen neuen Erkenntnissen kam.

Er ging einige Schritte, lehnte sich gegen einen der einzelnstehenden Bäume und achtete darauf, dass niemand ihm zuhörte.

Sein Entschluss stand fest, er musste über seinen Schatten springen. Er zog sein Handy und wählte die Nummer des Innenministers.

»Sekretariat Steinberger«, meldete sich die Sekretärin.

»Teilen Sie Herrn Steinberger mit, Thomas Kratochwil möchte ihn nochmals sprechen«, und nach einer kurzen Pause fügte er ein »Bitte« hinzu.

Wortlos verband sie ihn, nach zehn Sekunden war der Innenminister in der Leitung.

»Noch ein paar Schimpfwörter auf Lager?«, wurde Thomas aggressiv begrüßt.

»Nein, Herr Steinberger«, antwortete Thomas und bemühte sich, ruhig zu bleiben.

»Hören Sie mir bitte zu. Es gibt im Moment genau zwei Möglichkeiten, die uns zur Verfügung stehen. Keine wird Ihnen gefallen.«

Als Antwort kam nur ein Schnauben.

»Möglichkeit eins, ich lasse die Cobra stürmen, wie Sie es vorgeschlagen haben. Wir haben so gut wie keine Anhaltspunkte. Sogar die Identität des Mannes ist inzwischen wieder fraglich. Ein gewaltsamer Zugriff kann in einem Massaker oder in einer Explosion enden. Es gibt die Vermutung, dass der Mann über Sprengstoff verfügt.«

Thomas wartete einige Sekunden, aber es kam keine Reaktion.

»Die zweite Möglichkeit wäre, auf die Forderung ...«

»Niemals!«, wurde er unterbrochen.

»Es sagt ja keiner, dass Foitner freigelassen wird«, erklärte Thomas dem Innenminister.

»Ich werde Ihnen nicht erlauben, diese... Kreatur rauszuholen. Gerald Foitner wird das Gefängnis nicht mehr verlassen.«

»Ich verstehe Ihre Bedenken. Auch mir widerstrebt es, diese Person ...«

»Meine Bedenken? Sie sollten ganz genau wissen, wie abgrundtief ich diese Person hasse. Soweit es in meinen Möglichkeiten liegt, wird diese Kreatur nie wieder etwas anderes sehen als das Gefängnis von innen.«

»Ich weiß, Herr Minister.«

»Und als Innenminister muss ich Ihnen sagen, es gibt keine Verhandlungen mit dieser Person. Wer ist dieser Mann überhaupt?«

»Wir haben keine Ahnung«, wiederholte Thomas.

»Wenn ich seiner Forderungen jetzt nachkomme, dann versucht der Nächste es mit Geld und Fluchtwagen. Dieses Monster hat es nicht verdient ...«

»Kruzitürken, hören Sie mir zu!«, unterbrach Thomas den Innenminister energisch, »Kapieren Sie bitte, ich bin nicht hier, um den Typ zu verteidigen. Es geht mir darum, dass den Leuten in der Bank nichts geschieht.«

Michael Steinberger schien über seine Worte nachzudenken, jedenfalls war er für einige Sekunden ruhig. Thomas nutzte die kurze Pause, atmete tief durch und war bemüht, nicht ausfällig zu werden.

»Foitner wird nicht freigelassen«, versicherte er Steinberger, »und von mir aus können Sie sich nachher hinstellen und behaupten, dass es genauso geplant war. Und klarmachen, dass Sie nicht auf irgendwelche Forderungen eingehen. Im Endeffekt wollen wir den Geiselnehmer verhaften aber dazu muss ich ihn von den Geiseln trennen.«

»Wenn das publik wird, kann ich ... können wir beide den Hut nehmen. Die Medien würden Sie, mich, unser Rechtssystem in der Luft zerreißen.«

»Ich arbeite nicht für die Medien. Ich weiß, dass Sie da abhängiger von deren Gunst sind.«

»Darum geht es nicht«, protestierte der Innenminister, nun wieder lauter, »aber ich habe es vor der Bevölkerung zu rechtfertigen.«

Thomas schüttelte den Kopf, strich über sein Kinn und unterdrückte zum wiederholten Male einige Schimpftriaden.

»Denken Sie nach, Herr Innenminister. Wenn wir jetzt stürmen, müssen Sie bis zu neun Tote rechtfertigen.« Er holte Luft, wusste, dass seine folgende Meldung den Innenminister in Rage bringen würde.

»Erinnern Sie sich an den vermeintlichen Terroranschlag in der Innenstadt, der im letzten Moment verhindert werden konnte? Damals waren zwei tote Polizisten und...«

»Das war mein Vorgänger, ich habe damit nicht das geringste...«, fuhr ihn der Innenminister an.

»Aber dieselbe Partei und dasselbe Ministerium. Ihr Vorgänger hat nach dem Bekanntwerden der Fehlentscheidungen seinen Schwanz eingezogen.«

Lautes Schnauben war aus dem Telefon zu hören.

»Seinen Platz räumen müssen«, besserte sich Thomas aus und mahnte sich in Gedanken, nicht zu viel zu fluchen.

»Es kann Ihnen genauso ergehen. Mir kann es wurscht sein, aber Sie hängen wohl an Ihrem Ministerposten«, stichelte Thomas weiter, hielt sein Handy aber auf Distanz, da er einen Wutausbruch erwartete.

Wieder blieb es ruhig, nur das Atmen des Ministers war zu hören. Die Sekunden zerrten an Thomas' Nerven. Ihm war bewusst, dass sein Vorschlag im besten Fall verrückt war. Auf der anderen Seite war er verwundert, wie sehr sich der Innenminister mit diesem Fall beschäftigte.

Dann sprach der Innenminister wieder, leise und besonnen, beinahe versöhnlich.

»Ich kann es nicht befehlen oder erlauben. Ich kann Ihnen aber anbieten, dass es keine Sanktionen geben wird, wenn Sie Gerald Foitner zu sich beordern.«

»Sie wissen von nichts, ich habe verstanden.«

»Ich möchte in spätestens einer Stunde informiert werden, Kratochwil«, stellte Steinberger klar. Nach einer kurzen Pause fügte er leise hinzu: »Wenn Sie Hofrat Weigl in Stein anrufen, erwähnen Sie den Job seiner Tochter Anneliese. Vergessen Sie nicht den Namen, aber erwähnen Sie meinen nicht, verstanden?«

Obwohl er nicht verstand, bedankte sich Thomas und verabschiedete sich mit wenigen Worten. Er vergewisserte sich, aufgelegt zu haben, bevor er den Minister leise verfluchte.

»Was spricht der Minister?«, wollte Werner wissen, als Thomas zurückkehrte. Er saß alleine im Kommandowagen, Denise war nicht anwesend.

»Er will sich nicht die Hände dreckig machen. Ich brauche die Nummer der Justizanstalt Stein. Danach rufen wir Franz an.«

»Stein?«, Werner überlegte kurz, bis ihm klar wurde, was Thomas vorhatte, »Bist du dir sicher, dass das eine gute Idee ist?«

»Nein, aber es ist ganz alleine mein Risiko.«

15:00 Uhr

Im Büro des Leiters der Justizanstalt Stein im niederösterreichischen Krems saß Hofrat Maximilian Weigl über den Strafakten der kommenden Haftinsassen. Von seinem Bürofenster aus blickte er in den Innenhof, in dem sich gerade ein Dutzend Häftlinge aufhielten.

Der Lautsprecher seines Telefons piepste und die Sekretärin meldete sich aus dem Vorraum seines Büros.

»Herr Hofrat, ich habe Herrn Thomas Kratochwil, Bezirksinspektor aus Wien, in der Leitung.«

»Worum geht es?«

»Eine heikle Angelegenheit, die er unter vier Ohren besprechen möchte, sagt er. Es soll sehr dringend sein.«

»Stellen Sie ihn durch«, meinte der Hofrat seufzend. Er erwartete eine Anfrage, einen Häftling zu befragen oder es wollte wieder einmal ein Bekannter eines Politikers die Haftanstalt besuchen. Freundschaftsdienste oder Büroarbeit, beides war ihm zuwider.

»Hofrat Weigl. Wie kann ich Ihnen helfen?«

»Guten Tag, Herr Hofrat. Ich komme direkt zum Punkt, da die Zeit drängt. Der Insasse Gerald Foitner muss auf schnellstem Weg zu mir nach Wien gebracht werden. Ich brauche den Herrn in einer Stunde hier im ersten Bezirk.«

Hofrat Weigl musste nicht überlegen, der Name war ihm gut in Erinnerung.

»Das können Sie nicht ernst meinen.«

»Doch. Gerald Foitner muss umgehend hergebracht werden. Keine Sorge, er wird durchgehend unter Bewachung stehen und wieder zurückgebracht.«

»Herr Bezirksinspektor...« Dem Hofrat war deutlich anzuhören, wie wichtig ihm Titel waren und dass er sich seines hohen Titels gegenüber Thomas bewusst war, »...

so funktioniert das nicht. Sie können nicht einfach anrufen und einem Häftling einen Freigang ermöglichen. Ein solches Ansuchen muss schriftlich eingebracht werden und zuerst sorgfältig geprüft werden.«

»Dafür habe ich keine Zeit«, sagte Thomas genervt.

»Diese Zeit werden Sie sich nehmen müssen«, meinte der Hofrat in einem überheblichen Tonfall, »Da kann ja jeder anrufen und seine Wünsche äußern. Wir sind eine Justizanstalt, hier gelten strenge Regeln und Vorschriften. Sie als...«, die kurze Pause unterstrich nochmals seine Arroganz, »Bezirksinspektor sollten das wissen.«

Thomas war im Begriff dem Hofrat eine ganze Litanei an unfreundlichen Ausdrücken aufzusagen, besann sich aber eines Besseren.

»Wie geht es Ihrer Tochter?«, versuchte Thomas sein Glück.

»Ich habe keine Tochter, Herr Bezirksinspektor.«

Thomas schluckte. Für einen Moment befürchtete er, vom Innenminister in die Irre geführt worden zu sein.

»Wenn Sie nun...«, fuhr Hofrat Weigl fort, als Thomas etwas einfiel.

»Anneliese! Ihr Tochter Anneliese meine ich.«

Er hatte keine Ahnung, was die Aussage bringen sollte, musste dem Innenminister vertrauen. Aber der Satz zeigte Wirkung. Der Hofrat verstummte und verlor plötzlich jegliche Überheblichkeit.

»Ich verstehe, diese Tochter. Warum sagen Sie das nicht gleich, Herr Kratochwil?«, wurde der Hofrat schleimerisch freundlich, »Darf ich fragen, welches Ministerium Sie an mich verwiesen hat? Ist es eine Angelegenheit, über die ich informiert werden sollte, oder hat dieses Gespräch nicht stattgefunden?«

Thomas riss die Augen auf und starrte auf sein Handy. Ihm war durchaus bewusst, wie gut bestimmte Parteifreunde miteinander vernetzt waren, aber diese Reaktion überraschte ihn trotzdem.

»Das Gespräch bleibt natürlich unter uns, Herr Hofrat«, strich er dem Mann Honig ums Maul, »Und ich gehe davon aus, dass Sie wissen, wer mir mitgeteilt hat, dass Sie sicherlich gerne bereit sind, mir... uns in dieser heiklen Situation zu helfen.«

Thomas überlegte genau, was er sagte. Was auch immer den Hofrat mit dem Innenminister verband, es schien von großer Bedeutung zu sein.

»Da muss ich Ihnen Recht geben. Ich werde umgehend den Transport organisieren und genehmigen. Handelt es sich um eine öffentliche Adresse oder ein eher privater Rahmen?«

Thomas grinste.

»Ganz öffentlich. Vielen Dank, Herr Hofrat.«

15:20 Uhr

»Er ist wirklich auf dem Weg?«, staunte Denise. Thomas' Erzählung des Telefonats mit Innenminister Steinberger und dem Hofrat sorgte bei ihr und Werner für große Augen und Schmunzeln.

»Dann sollte ich unseren Franz wieder einmal anrufen, was meint ihr?«

»Der Transport wird kurz nach 16 Uhr eintreffen, wir müssen die Spezialeinheit instruieren und alles zu unseren Bedingungen aushandeln«, meinte Thomas entschlossen.

Werner nickte und drehte sich zu seinem Tisch um. Denise vergewisserte sich, dass sie ungesehen waren, und zog Thomas zu sich.

»Es tut mir leid«, hauchte sie ihm ins Ohr.

»Was meinst du?«

»Hätten wir noch eine Nummer im Bett geschoben, dann wäre uns das alles erspart geblieben. Aber ich werde mich revanchieren. Das nächste Mal suchst du das Hotel aus ...«, sie gab ihm einen sanften Kuss auf die Wange, »und du darfst aussuchen, was passiert, versprochen.«

Thomas legte seinen Arm um ihre Taille und drückte sie leicht zu sich.

»Ich werde dich daran erinnern«, meinte er, während seine Hand über ihren Rücken und ihren festen Po glitt. Werner, der die beiden nicht zu beachten schien, hatte inzwischen die Nummer gewählt und wartete darauf, dass Franz mit ihm sprach. Es dauerte fünfzehn Sekunden.

»Hallo?«

»Hallo, Franz. Werner hier. Ich habe gute Nachrichten für dich.«

»Ist das wieder nur eine weitere Hinhaltetaktik, oder konnten Sie meine Forderung durchsetzen?«, fragte Franz.

Er klang leicht gereizt, aber nicht aggressiv.

»Es war nicht leicht, aber ich kann bestätigen, dass Gerald Foitner inzwischen auf dem Weg zu uns ist. In ungefähr 45 Minuten sollte er hier sein.«

»Dann ist das alles vorbei.«

»Wenn er da ist, kommst du raus?«

»Genau. Ich will nicht, dass jemand von den Leuten hier drinnen das mitansehen muss.«

»Das ist sehr zuvorkommend. Kann ich mich darauf verlassen, dass es allen Geiseln gut geht und es keine weiteren Forderungen gibt?«

»Ja, das kann ich versichern.«

Werner schüttelte den Kopf und sprach mit seiner ruhigen Stimme weiter.

»Dann werde ich dafür sorgen, dass sich die verbliebenen Einsatzeinheiten zurückhalten. Ich melde mich, wenn der Wagen eingetroffen ist.«

»Danke, Werner. Danke für deine Hilfe«, verabschiedete sich Franz und legte auf.

Einige Sekunden lang starrte Werner auf das Telefon, bevor er sich zu den beiden Bezirksinspektoren umdrehte.

»Er klingt immer noch so ruhig, gefasst. Aber ich bin mir nicht mehr ganz so sicher, ob er uns nicht etwas vormacht«, meinte Werner.

»Vorschläge?«, fragte Thomas.

»Wir werden sehen, was passiert, wenn Gerald Foitner eintrifft. Es kommt mir viel zu einfach vor, dass er einfach so aus der Bank kommt und glaubt, den Mann erschießen zu können.«

»Ich finde es überhaupt etwas suspekt. Dieser Banküberfall, wenn man ihn so nennen mag, die Sache mit Mustafa Taremi, auch die Reaktion des Innenministers ...«, Thomas verstummte und ging seinen Gedanken nach.

»Auf jeden Fall werden wir vorbereitet sein«, war Denise entschlossen, »Ich werde Katzmann informieren. Die Scharfschützen sollen sich in Position begeben.«

»Er soll sich auch darauf einrichten, notfalls zu stürmen, selbst wenn noch Geiseln anwesend sind«, fügte Thomas hinzu.

Denise verschwand und Thomas trat ins Freie, um sich erneut eine Zigarette anzuzünden.

»Du rauchst zu viel!«, rief ihm Werner hinterher, doch dieser beachtete ihn nicht. Als er seine Packung öffnete, musste er feststellen, dass er die Hälfte der Zigaretten bereits verraucht hatte.

»Ich glaube, dieses Mal wird sie die Wette gewinnen«, murmelte er zu sich selbst.

Thomas nutzte die kurze Pause und rief seine Frau an.
Seine Tochter hob am anderen Ende der Leitung ab.

»Ja«, meldete sie sich gelangweilt.

»Hallo, wie geht's dir?«

»Eh gut.«

»Schon von der Schule daheim, wie war`s?«

»Eh okay«, war ihr knappe Antwort.

»Und was machst du?«

»Nix. Rafaela ruft gleich an, vielleicht gehen wir noch in den Park. Ich geb dir Mama.«

Die Gesprächigkeit seiner Tochter war er gewohnt. Sie war mitten in der Pubertätsphase und somit entweder von allen gelangweilt oder sauer auf alle. Meistens musste er es ausbaden, was auch daran lag, dass er nur unregelmäßig zu Hause war.

»Immer noch im Dienst?«, meldete sich seine Frau Kerstin säuerlich.

»Ja, immer noch. Aber es geht auf ein Ende zu, hoffentlich.«

»Ja ja. Kommst du dann heute auch noch heim, oder wird es wieder länger?«

Ihr eifersüchtiger Unterton stieß Thomas sauer auf, er war nicht in der Stimmung erneut zu diskutieren.

»Ja, heute komme ich heim. Wie gesagt, dieser Einsatz ist nur durch Zufall bei mir gelandet.«

»Willst du überhaupt heimkommen?«

Nein, nicht wenn du so drauf bist, wäre seine ehrliche Antwort.

»Ja, natürlich. Aber zuerst muss ich meinen Job hier erledigen«, sagte er stattdessen.

»Hat es mit diesem Banküberfall in der Innenstadt zu tun? Sie berichten schon ganze Zeit darüber im Radio.«

»Ja.«

Er sah sich um und erst jetzt fielen ihm der Übertragungswagen und die Reporter hinter einem rot-weißen Absperrband auf.

»Was berichten sie?«

»Alles sehr unübersichtlich und es kommen so gut wie keine Informationen von der Polizei. Ein Banküberfall, bei dem die Polizei sehr zurückhaltend vorgeht. Keiner weiß warum.«

»Vielleicht, weil die Polizei selber nicht viel weiß. Okay, ich melde mich später bei dir.«

»Ja, ja. Wenn du dann mal Zeit hast«, war ihre trotzige Reaktion.

»Bis später«, verabschiedete sich Thomas.

Er blieb abseits stehen, drehte den Ehering mit dem Daumen um seinen Finger und überlegte – wieder einmal – ob er nicht mit Denise Schluss machen sollte. So schön die Zeit mit ihr auch war, er wusste, dass er seine Familie nicht verlieren wollte.

»Thomas! Telefon!«, holte ihn Werner aus seinen privaten Gedanken.

Schnell sprintete er die wenigen Meter zum Kommandowagen zurück.

»Franz ist am Apparat. Wir haben ein Problem«, sagte Werner und drückte auf seinem Handy eine Taste um die Stummfunktion wieder abzuschalten.

»So, Franz. Der Einsatzleiter ist bei mir. Was ist los?«

»Es ist... also ich habe ja gesagt, ich will niemanden hier in der Bank etwas antun...« Franz klang aufgeregt und ängstlich. Keine Spur mehr von der ruhig wirkenden Stimme von vorhin. Thomas vermutete das Schlimmste, einen Aufstand der Geiseln und nun einige Verletzte oder gar Tote. Das würde die Situation dramatisch ändern.

»Was ist passiert?«, fragte er angespannt. Vom Inneren des Wagens konnte er nicht sehen, ob Denise noch bei der Spezialeinheit war. Vielleicht würden sie in wenigen Sekunden gebraucht werden.

»Ich habe übersehen ...«, stotterte Franz weiter, »Also, ich habe nicht gewusst, dass unter den Frauen hier...«, er machte eine Pause.

»Ganz ruhig, Franz. Es ist doch nichts Schlimmes passiert, oder?«, fragte Werner mit ruhiger Stimme nach.

»Nein, nicht ich. Ich habe nichts gemacht!« Thomas war etwas beruhigter.

»Es ist eine Schwangere hier und... sie hat Schmerzen und ich glaube ihr das.«

Werner lehnte sich zurück und holte tief Luft, Thomas strich sich über sein Gesicht, atmete tief durch und blickte zur Uhr.

»15:47. Foitner wird bald da sein«, flüsterte Thomas.

»Sie hat schon ...«, Franz schluckte, blies die Luft aus, »Ich habe bereits die Rettung angerufen. Zuerst haben sie es für einen schlechten Scherz gehalten, weil wir inzwischen in den Nachrichten sind.«

»Ich weiß, aber darüber mach dir keine Sorgen. Die kriegen keine Infos von uns«, versuchte Werner, den Mann ruhig zu halten.

»Jedenfalls ... Also, es ist ein Rettungswagen unterwegs.«

»Das ist gut. Das ist sehr gut, Franz«, sagte Werner und machte eine Faust wie zum Sieg, »Wir werden ihn durchlassen. Kann die Frau selbst gehen?«

»Nicht wirklich. Bitte... Ich verspreche es... Es passiert keinem etwas, die können hereinkommen und sie holen.«

Völlig überrascht sahen sich Werner und Thomas an. Das klingt zu leicht, dachte Thomas. Auf diesem Weg könnte die Spezialeinheit ohne Probleme in die Bank gelangen und den ganzen Spuk mit einem Schlag beenden.

»Aber nur die Sanitäter. Ich muss euch mitteilen... ich bin... ich habe auch Sprengstoff hier«, gestand Franz.

»Scheiße, vergessen!«, schimpfte Thomas leise mit sich selbst und schlug sich gegen die Stirn.

»Wo hast du den Sprengstoff?«, fragte Werner vorsichtig nach.

»Umgeschnallt. Für den Fall, dass ihr hereinstürmt und mich ... Darum bitte ich, schickt die Sanitäter rein, aber sonst niemanden. Ich versichere euch, ich werde Sie mit der Frau gehen lassen. Ihr habt mir auch versprochen, dass dieses Monster auf dem Weg ist.«

102

»Ja, er sollte in den nächsten fünfzehn bis zwanzig Minuten eintreffen.«

Thomas und Werner vernahmen die Sirene eines näherkommenden Rettungswagens.

»Da kommt die Rettung. Okay, wir werden die Frau holen, ohne Polizei«, sagte Werner, dem anzusehen war, dass ihm die Idee nicht gefiel.

»Danke. Die Tür ist offen. Bitte riskiert nichts, ich möchte nicht den Sprengstoff zünden, wenn alle noch im Haus sind.«

»Versprochen«, sagte Werner.

Als die Verbindung getrennt war, stand Werner auf, schlug mit der Faust auf den Tisch und fluchte lauthals.

»Fuck! Was soll dieser Dreck! Wo bin ich denn hier gelandet?!«

Thomas sah ihn überrascht an.

»Ja, auch ich kann schimpfen. Verdammt nochmal, das ist doch alles nicht normal. Ein Banküberfall ohne Geld, ein Geiselnehmer fordert Selbstjustiz. Sprengstoffgürtel, unerklärliche Telefonate mit einer Leiche und jetzt eine Schwangere. Was kommt als Nächstes?«

Denise kam zu ihnen und sah sie fragend an, gleichzeitig kam Thomas ein neuer Gedanke.

»Denise, ruf im Büro an. Ich will einen aktuellen Backgroundcheck von Gerald Foitner. Gibt es jemanden, der ihn tot sehen will, aus anderen Gründen, als seiner Mordserie?«

Sie überlegte kurz und hob dann die Schultern.

»Wie soll ich das herausfinden? Wahrscheinlich möchte nahezu jeder dieses Monster tot sehen.«

»Probier es zumindest«, bat Thomas.

»Was ist mit der Rettung da draußen?« Sie deutete auf die Straße, wo ein Krankenwagen des Roten Kreuz mit eingeschaltetem Blaulicht stand.

»Nur ein bisschen mehr Chaos«, sagte Werner und trat ins Freie. Er verheimlichte den beiden, dass er ein ganz schlechtes Gefühl hatte.

16:00 Uhr

Der Rettungswagen wurde in die Nebenstraße dirigiert. Gleichzeitig traf der dunkelblaue Wagen der Justizwache ein. Die kleinen, quadratischen Fenster im hinteren Bereich waren milchig und engmaschig vergittert.

Thomas deutete den beiden Justizbeamten hinter der Windschutzscheibe, wo sie stehen bleiben sollten und deutete ihnen, dass sie mit ihrem Gefangenen abwarten sollten. Neben ihm stiegen zwei Sanitäter aus und holten bereits die Trage aus dem Fahrzeug.

»Wir sind schon unterrichtet worden. Eine schwangere Person, 38 Jahre, ungefähr 35. Schwangerschaftswoche, mit Unterleibsschmerzen.«

»Da wisst ihr schon mehr als ich«, meinte Thomas, »Da drinnen ...«

»Auch das wissen wir bereits«, schnitt ihm der Sanitäter das Wort ab, »Wir holen sie nur raus und fahren wieder.«

»Welches Krankenhaus?«, wollte Thomas wissen. Der bärtige Sanitäter in der Rotkreuz-Uniform schien kurz zu überlegen.

»Göttlicher Heiland, 18. Bezirk. Dort ist sie auch in Behandlung.«

Thomas nickte. Das Krankenhaus kannte er, auch seine Tochter kam dort zur Welt. Bei dem Gedanken an seine Tochter stutzte er für einen kurzen Moment. Etwas störte ihn, doch er konnte es nicht erklären. Er drehte sich um, wo bereits der Fahrer des Gefangenentransportes auf seine Anweisung wartete.

»Lasst ihn nicht raus. Wir warten, bis die Sanis mit der Frau weg sind. Ich will nicht das geringste Risiko eingehen, nach alldem, was heute schon los war«, ordnete er dem Fahrer an.

»Sie wissen, wen wir da hinten haben?«, wollte der Beamte sich nochmal vergewissern.

»Ja, das sogenannte Monster von Wien. Ich habe ihn damals verhaftet und glauben Sie mir, lieber wäre mir, er würde in einem Loch dahinvegetieren, als hier spazieren zu fahren«, machte Thomas seine Meinung klar.

Werner stand bei seinem Kommandowagen und sah zu, wie die Sanitäter eine Trage aus dem Laderaum des Rettungswagens zogen. Er musterte die beiden Männer, irgendetwas an der Szene störte ihn, aber er konnte es nicht erfassen.

Gleichzeitig suchte er nach Thomas und Denise. Während Thomas zwischen den Fahrzeugen stand und mit dem Beamten der Justizanstalt sprach, konnte er Denise zunächst nicht ausmachen. Sie stand abseits, das Telefon am Ohr und blickte zu Thomas.

Werner suchte nach den Scharfschützen der Spezialeinheit und fand drei von ihnen. Sie hatten sich entfernt voneinander platziert, um aus mehreren Winkeln eine möglichst gute Schussposition zu haben, wenn es notwendig werden sollte.

»Wie hast du dir das vorgestellt, Franz?«, überlegte Werner murmelnd, als die Rettungskräfte in der Bank verschwanden.

Thomas war verwundert, wie die beiden Männer ohne zu zögern ungesichert in die Bank liefen. Keiner hatte nach Begleitschutz gefragt oder sonstige Vorsichtsmaßnahmen gefordert.

»Oida, wie hirnrissig. Da fehlt ihnen wohl noch die Erfahrung«, meinte er zum Fahrer des Gefangenentransporters, der ihm nickend zustimmte.

»Wie sieht der weitere Plan aus?«

Thomas sah sich um, entdeckte die Scharfschützen und das Cobra-Team, welches bereit war, die Bank zu stürmen.

»Wir werden Gerald Foitner vorführen und dem Mann in der Bank klarmachen, dass er zu uns kommen muss. Dann muss es schnell gehen und der Geiselnehmer muss ausgeschaltet werden.«

»Klingt nicht gerade nach einem perfekten Plan.«

»Ist es auch nicht«, musste Thomas ihm zustimmen.

Werner, der immer noch bei seinem Kommandowagen stand, erinnerte sich an seine Schulung, als er selbst beim Roten Kreuz tätig war.

»Hat euch denn niemand ordentlich instruiert, wie man in einem solchen Fall vorgeht? Wohl bei der TAG-Schulung nicht aufgepasst«, wunderte er sich, als die beiden Männer in der Bank verschwanden. Er selbst hatte einige Male die Schulung zum Verhalten bei Terror, Amok und Geiselnahmen absolviert.

Sein Handy läutete.

»Ritter?«

»Doktor Karst, Gerichtsmedizin Wien«, meldete sich eine unfreundliche Frauenstimme, »Ich habe hier eine Person auf dem Tisch, die mit Ihrem Fall zu tun hat und ...«

»Sie wollen wahrscheinlich mit dem Leiter, Bezirksinspektor Kratochwil sprechen«, unterbrach er die Frau.

»Es ist mir egal, wer mir zuhört. Aber Sie sollten wenigstens die erste Diagnose richtig schreiben. Das würde meine Arbeit erleichtern.«

»Moment, Moment«, beschwichtigte Werner die aufgebrachte Frau, »Was meinen Sie? Von wem reden wir eigentlich?«

»Von Jasmin Taremi. Ich wollte gerade mit der Obduktion beginnen, aber diese Kleinigkeit sollte ich Ihnen vorweg mitteilen.« Die Art, wie sie »Kleinigkeit« betonte, ließ Werner Schlimmes ahnen.

Er hörte der Gerichtsmedizinerin zu und riss plötzlich entsetzt die Augen auf, als er erkannte, wie recht er mit seiner bislang nicht ausgesprochenen Vermutung hatte.

Die Tür zur Bank öffnete sich und die Sanitäter kamen mit der Frau auf der Trage ins Freie. Thomas erkannte, dass die langhaarige Frau sich ihren großen, runden Bauch hielt.

»Sie muss umgehend ins Krankenhaus«, rief ihm der vorangehende Mann zu.

»Ich werde mitfahren!« Thomas zuckte kurz zusammen, da er nicht mitbekommen hatte, dass Denise neben ihm aufgetaucht war.

Noch bevor er etwas erwidern konnte, hob sie die Hand, um ihn zum Schweigen zu bringen.

»Du wirst hier gebraucht. Vielleicht kann sie uns etwas aus dem Inneren sagen, was uns weiterhilft. Ich melde mich bei dir.«

Thomas konnte ihr nur nachsehen, wie sie neben den Rettungskräften mitlief und einige Worte mit der aufstöhnenden Frau auf der Trage sprach.

Werner kam ihm entgegen, stieß dabei mit Denise zusammen, die sich kurz entschuldigte und weiterlief.

»Sie fährt mit«, erklärte Thomas ihre Eile.

Werner blieb neben Thomas stehen, gemeinsam sahen sie Denise hinterher.

Bevor sie die Beifahrertür öffnete, blickte Denise zu Thomas zurück. Als sich ihre Blicke trafen, überkam ihm für einen Moment ein unangenehmes Gefühl. Etwas an ihrem Lächeln irritierte ihn. Es wirkte einerseits freundlich wie immer, aber auch hinterlistig. Dann war sie im Krankenwagen verschwunden, die Sirene wurde eingeschaltet und der Wagen fuhr los.

Thomas schüttelte den Kopf und drehte sich um.

Gerade wurde die hintere Tür des Gefangenentransporters geöffnet und Gerald Foitner trat, begleitet von zwei Beamten, ins Freie.

»Ich wollte diesen Arsch nie wieder sehen. Er hat es nicht verdient, jemals wieder etwas anderes zu sehen, als...«, plötzlich verstummte Thomas, als der Kindermörder zu ihm sah.

Seine Gedanken rasten durcheinander. Beim Anblick des Mannes kamen ihm die Bilder der getöteten Kinder wieder in den Sinn. Gleichzeitig musste er an seine Tochter denken, an seine Frau und wie lange die Geburt gedauert hatte.

»Die Geburt!«, stieß er hervor.

»Was?«, fragte Werner verwundert nach.

»Die Geburt meiner Tochter. Damals haben sie gesagt, dass im folgenden Jahr die Station geschlossen wird.«

»Muss ich verstehen, was du meinst?«

»Das Krankenhaus Göttlicher Heiland hat keine Geburtenstation und liegt im 17. Bezirk!«, erkannte Thomas entsetzt.

Er deutete den Beamten, die Gerald Foitner flankierten. »Bleibt wo ihr seid!«

Mit einem Deut auf die Handschellen fügt er hinzu: »Und nehmt ihm auf keinen Fall die Achter ab!«

Er zog Werner mit sich in den Kommandowagen. »Thomas, ich muss dir etwas ...«, begann Werner, doch dieser hörte nicht zu.

»Ruf im Krankenhaus an und frag nach, sofort!«, befahl er und zückte selbst das Handy. Hektisch drückte er die Kurzwahltaste, um Denise anzurufen. Sekunden später klingelte neben ihm ein Telefon. Es war Denise' Klingelton.

»Was ...«, fluchte Thomas mit Blick auf das vibrierende Handy vor ihm.

»Sie hat es liegen gelassen«, meinte Werner trocken und drehte sich zur Seite, um mit dem Krankenhaus zu sprechen.

Thomas steckte sein Handy weg und stampfte ins Freie. »Was geht hier ab? Hier stimmt schon die ganze Zeit über...«

»Du hast Recht!«, rief Werner aus dem Inneren, »Keine Geburtenstation im Krankenhaus Göttlicher Heiland!«

Thomas blickte zu Werner, in seinem Kopf keimte ein furchtbarer Gedanke auf. Ohne ein Wort zu sagen nickte ihm Werner zu, ganz so als könne er seinen unausgesprochenen Gedanken lesen.

Thomas stürmte in Richtung Simon Katzmann und seinem Team.

»Stürmen! Sofort stürmen! Wahrscheinlich ist der Geiselnehmer nicht mehr drinnen!«

Der Cobra-Teamleiter zögerte nur eine Sekunde lang.

Ohne weitere Fragen wandte er sich seinen Männern zu.

»Los, wir gehen nach Plan C vor. Team Blau geht vor, Rot als Absicherung. Aufpassen, es sollten nur noch Geiseln anzutreffen sein, wir haben aber keine Bestätigung. Waffengebrauch nur zur Selbstverteidigung.«

Insgesamt sechs Personen stürmten los. Die Eingangstür wurde aufgerissen und der Reihe nach verschwanden alle Cobra-Beamte in der Bank.

Werner schubste Thomas an, der mit versteinerter Miene auf die Bank blickte.

»Fahr hinterher, jetzt! Ich halte dich auf dem Laufenden«, sagte er und drückte ihm einen Autoschlüssel in die Hand.

Thomas sah ihn irritiert an.

»Wohin ...?«

»Ich werde es dir schon sagen, fahr los!«, drängte Werner ihn in Richtung eines Einsatzfahrzeugs vor ihnen. Ohne weitere Fragen zu stellen, warf sich

112

Thomas hinter das Steuer des Wagens und fuhr auf die Ringstraße. Sekunden später läutete sein Handy.

»Werner hier!«, kam die Stimme aus dem Lautsprecher, »Sie ist scheinbar noch im Fahrzeug, Höhe Staatsoper.«

»Sicher?«

»Ja, sicher. Sie hat ein Peilgerät von mir eingesteckt. Glaubst du, ich habe sie vorhin zufällig angerempelt?«

Thomas schüttelte den Kopf, verfluchte den ganzen Tag und lenkte den Wagen nach der Polizeiabsperrung auf die Schienentrasse, um an den Fahrzeugen vorbeizukommen.

»Sie biegen ein, nach der Oper, Richtung Albertina.«

»In die Stadt hinein?« Thomas überquerte gerade die Kreuzung mit Blaulicht und Sirene und versuchte, nicht nachzudenken, was genau gerade vorgefallen war. Es machte alles keinen Sinn für ihn. Außer, wenn er von einer Sache ausging, an die er nicht zu denken wagte.

»Es wird eng, sie befinden sich in der Spiegelgasse und bewegen sich langsamer.«

Thomas war inzwischen ebenfalls an der Wiener Staatsoper abgebogen und fuhr gegen die Einbahn die Gasse entlang. Zu seiner Linken war eine leere Parkfläche, die ein entgegenkommendes Fahrzeug nutzte, um ihm auszuweichen. Dass ihm dabei der Mittelfinger entgegengestreckt wurde, war Thomas egal.

»Sie steht! Keine Bewegung in der Plankengasse. Weißt du, wo ...«

»Ja, verdammt!«, fluchte Thomas laut, bog rechts ab und war erneut gegen die Einbahn unterwegs. Nach wenigen Metern bremste er hart ab. Ein Lieferwagen bog um die Ecke, der Fahrer bremste ab und sah ihn mit aufgerissenen Augen an.

»Sie sind zu Fuß unterwegs«, meldete Werner.

»Ich auch!«, fluchte Thomas, schnappte sein Handy und sprang aus dem Wagen.

»Hey, ich muss hier durch!«, rief ihm der Lieferant aus seinem Wagen zu.

»Der Schlüssel steckt, park ihn ein. Danke!«, gab ihm Thomas zur Antwort, zog seine Waffe und rannte die Gasse hinunter. Auf der Straße waren keine Personen, während er an Antiquitäten- und Schmuckläden vorbeilief. Dabei erinnerte er sich, einen dieser Läden mit Denise besucht zu haben. Sie hatte damals einen Ring erhalten, aus echtem Silber mit einem blauen Stein.

»Kennst du die evangelische Kirche? Kreuzung Dorotheergasse und Plankengasse?«

Thomas war nur ein paar Meter von der Plankengasse entfernt, versuchte, noch schneller zu rennen bog um die Ecke.

»Ich sehe die Kirche«, informierte er Werner, »und den Rettungswagen.«

Der Wagen war mitten in der Gasse abgestellt worden, alle Türen waren offen, auch die Schiebetür. Das Blaulicht war immer noch eingeschaltet, der Wagen selbst lief nicht mehr.

»Personen?«, fragte Werner.

»Fehlanzeige!«

»Rechts... links ... sie sind in der ...«

»Es ist mir sowas von Powidl, wie die Gasse heißt!«, schrie Thomas im Laufen.

Er erreichte den Rettungswagen und blickte bei der Schiebetür ins Innere. Sein Blick fiel auf eine lange, blonde Perücke und einen umschnallbaren Schwangerschaftsbauch. Ansonsten war der Wagen leer, alle Insassen waren zu Fuß weitergelaufen.

Werners Anweisungen brachten ihn in die nächste Gasse. Dort befanden sich zu beiden Seiten Lokale, rechts saßen einige Personen im Freibereich eines Kaffeehauses. Die Gasse verlief zu einem Platz, über den er gerade drei Sanitäter laufen sah. Denise hatte mehr Vorsprung. Neben ihr lief ein Mann, der noch vor wenigen Minuten als Schwangere verkleidet aus der Bank getragen worden war.

»Ich seh' sie. Schick mir ...«

»Schon unterwegs, was ist mit Denise?«, wollte Werner wissen.

Thomas erreichte den Platz, als zwei der vermeintlichen Sanitäter stehenblieben und sich umdrehten. In ihren Händen zielten zwei Pistolen auf Thomas.

»Scheiße!«, fluchte er und warf sich ohne nachzudenken zur Seite, um hinter einem geparkten Fahrzeug Schutz zu suchen. Dabei landete er unsanft auf dem Asphalt und machte sich so klein wie möglich.

Mehrere Schüsse wurden abgegeben, Thomas zog den Kopf ein, hörte Glas bersten und Kugeln, die durch Metall schlugen.

»Schüsse!?« Werners Stimme klang überrascht und erschrocken.

»Gut erkannt. Wo bleibt meine Verstärkung?«

Er riskierte einen Blick, konnte niemanden sehen und tauchte hinter dem Wagen auf. Die schießwütigen Männer waren weitergelaufen, sahen ihn und drehten sich erneut um.

»Polizei! Runter mit den Waffen!«, hörte er hinter sich zwei Stimmen rufen.

Unbeeindruckt wurden weitere Schüsse abgegeben. Thomas sprintete gebückt zu der kleinen Hütte, die mitten auf dem Platz stand, und fand hinter der Ecke Deckung. In der Auslage über ihn waren teure Schals und Blusen ausgestellt. Ein Schuss ließ eine der Scheiben zerbersten, kurz darauf hatten ihn die beiden Polizisten erreicht.

»Wie viele sind es?«, fragte die Polizistin.

»Drei Sanitäter, ein Mann, langhaarig und dunkelroter Pullover, und eine ... Frau.« Thomas wusste nicht, wie er ihnen auf die Schnelle Denise erklären sollte.

Der Polizist umrundete die Hütte.

»Stehen bleiben!«, rief er, seine Waffe im Anschlag. Einer der Sanitäter schoss auf ihn, wurde aber im nächsten Moment von der Polizistin getroffen. Die restliche Gruppe konnte er nicht entdecken.

Thomas sah wie sich der getroffene Mann auf dem Boden wand und rannte los. Die Kugel hatte seinen rechten Oberarm durchschlagen, wodurch er seine Waffe verloren hatte.

»Geradeaus«, meldete sich Werner erneut.

Der Verletzte lag mitten auf der Straße, rollte sich zur Seite und wollte nach seiner Waffe greifen, doch Thomas war schneller.

»Sicher nicht!«, keifte er wutentbrannt und trat mit Wucht gegen den verletzten Arm.

Mit einem lauten Aufschrei krümmte sich der Mann zusammen. Erst jetzt sah Thomas den Durchgang, der sich zwischen einem Kaffeehaus und einem Silberwarengeschäft befand. Graue Blöcke bildeten einen Halbbogen in dem blassgelben Haus, durch den er einen der Sanitäter verschwinden sah.

Ihm kam in den Sinn, wie grotesk das Bild für die Besucher des Kaffeehauses sein musste. Drei Sanitäter, die auf einen Polizisten und ihn schossen, mitten in der Innenstadt.

Einige Gäste waren aufgesprungen, andere saßen versteinert auf ihren Stühlen und blickten auf die

116

unglaubliche Szenerie. Der Polizist griff nach der Waffe und kümmerte sich um den Mann, Thomas und die Polizistin liefen durch den Durchgang, bereit auf den nächsten zu schießen.

Sie landeten in einem schmalen Innenhof, ein Durchgang zum Michaelerplatz. Rechts und links waren Auslagen von Antiquitätenläden, voll mit antiken Bilderrahmen, Reiterskulpturen und Kerzenständern aus Messing und Silber.

Die Eingangstüren zu den Wohnungen waren mit dunklen, vergitterten Eisentoren abgeschlossen, daneben eine goldene Tafel mit den Türklingeln. Der Boden schien noch aus der Vergangenheit zu stammen, unterschiedlich große Pflastersteine führten von einem Durchgang zum anderen. Der unebene Boden war nass, scheinbar hatte jemand das Stiegenhaus gewaschen und das Abwasser in Richtung des Kanalgitters geleert. Thomas erkannte drei abgesperrte Hauszugänge, hinter denen ein Gang und eine Wendeltreppe zu erkennen waren.

Thomas und die Polizistin blieben inmitten des Durchgangs stehen, als Werner aus dem Handy rief: »Genau hier!«

Thomas sah sich um. Unter sich die Pflastersteine, links eine Auslage mit Tellern und Besteck in Gold und Silber. Rechts ein Antiquitätenhändler, der sich auf sakrale Skulpturen spezialisiert hatte. Als er aufsah, konnte er den weißen Turm der Michaelerkriche sehen, der in den hellblauen, wolkenlosen Himmel ragte. Die Kirchenuhr zeigte kurz nach 16:30 Uhr.

»Hier? Hier ist keiner!«

»Aber das Signal liegt punktgenau über deinem. Keine Bewegung mehr, es blinkt ... jetzt ist es weg.«

117

Thomas schloss die Augen und holte tief Luft. Er schluckte alles hinunter, was ihm gerade an Flüchen durch den Kopf ging.

»Wo sind die anderen hin?«, fragte die Polizistin, während sie die Gasse zum Durchgang zum Michaelerplatz abging und zu Thomas zurückkehrte.

»Ich weiß es nicht«, antwortete Thomas keuchend.

»Und was genau hier los ist, willst du mir auch nicht erzählen, oder?«

»Kompliziert«, sagte er und hockte sich auf den Boden.

»Thomas, lass dich zurückbringen. Wir schicken ein paar Beamte, die die Umgebung ...«, meldete sich Werner aus dem Telefon.

»Nicht ein paar. Schick alles, was da ist. Wir haben es mit einer Kollegin zu tun. Sie kennt die Methoden.«

Damit hatte er ausgesprochen, was er für unmöglich gehalten hatte. Denise hatte sie alle hintergangen.

Er beendete die Verbindung und bat die Polizistin, ihn zurück zur Bank zu bringen.

»Und bitte keine Fragen.«

16:40 Uhr

Als Thomas ausstieg, fiel ihm sofort die offene Tür zur Bank auf. Werner stand davor und winkte ihn zu sich.

»Es gibt einiges zu bereden«, sagte Werner.

»Warum hatte Denise einen Tracker bei sich?«, fragte Thomas, aggressiv und immer noch aufgebracht.

»Das ist einfach, ich habe ihr nicht getraut.«

Thomas sah ihn fragend an.

»Überleg doch einmal, was heute schon alles vorgefallen ist. Die einzige Möglichkeit, dass alles zusammenpasst, war für mich die Option, dass einer von euch beiden ein falsches Spiel spielt.«

Thomas musste überlegen, ob er Werners Intuition loben, oder wütend losbrüllen sollte.

»Und wann hast du erkannt, dass Denise ...?«

»Nach dem Anruf vorhin war ich sicher, dass einer von euch bescheißt. Ihre plötzliche Hektik und meine bisherigen Beobachtungen machten mir deutlich, dass bei Denise etwas nicht stimmt.«

Thomas sah ihn immer noch verständnislos an.

»Die Gerichtsmedizinerin hat angerufen. Jasmin Taremi liegt auf ihrem Tisch und es war ihr ein Anliegen, uns ihre erste Sichtung sofort mitzuteilen.«

»Was hat sie denn gefunden?«

Werner sah ihn ernst an.

»Ein Einschussloch, Kaliber 9 Millimeter. Da auf dem Totenschein von einem Suizid die Rede war, hat sie gleich angerufen.«

Aus dem fragenden Gesicht von Thomas wurde eine geschockte Miene.

»9 Millimeter, wie unsere Dienstwaffen. «

Werner nickte.

»Denise hat die Frau ... erschossen?«

»So sieht es aus.«

Thomas schloss die Augen und strich sich über sein Gesicht.

»Kaltblütig erschossen... Aber warum?«

»Das kann ich dir nicht beantworten.«

Thomas vergaß für den Moment auf die gestürmte Bank.

»Du hast von Beobachtungen gesprochen«, meinte er.

»Sie wirkte die ganze Zeit über angespannt«, erklärte Werner, »und machte einen leicht nervösen Eindruck. Mir kam es so vor, als würde sie auf etwas warten. Nicht besonders auffällig, aber ich habe ein Auge für sowas. Genau kann ich es Dir nicht beschreiben, aber es ist ja mein Job. Außerdem, nach eurer Vorgeschichte sollte sie eher entspannt wirken.«

»Was meinst du jetzt?«

»Im Gegensatz zu dir muss sie nach eurer Liebesnacht kein schlechtes Gewissen haben und wenn ich davon ausgehe, dass diese sehr intensiv war, müsste sie viel lockerer sein, als sie gewirkt hat. Es war natürlich nur eine Vermutung, aber alle Indizien zusammengenommen war ich mir nicht sicher, ob man ihr trauen kann.«

Thomas fand keine Worte. Er musste Werner beipflichten und verfluchte sich, dass seine jahrelange Kollegin ihn derart hintergehen konnte.

Simon Katzmann kam aus der Bank zu ihnen.

»Herr Kratochwil! Schön, dass Sie auch noch da sind.«

Thomas strich sich über sein Gesicht.

»Wie sieht es da drinnen aus?«

»Zuerst würde ich gerne erfahren, was Sie mit ihrer Kollegin ...?«

Thomas, der ahnte, worauf diese Unterhaltung hinauslaufen sollte, baute sich vor dem Mann auf. Dass dessen

Oberarme den doppelten Umfang von seinen hatten, war ihm egal.

»Der Erste, der mich mit der Aktion meiner Ex-Kollegin in Verbindung bringt, und mir ins Gesicht sagt, dass ich mit ihr unter einer Decke stecke, frisst meine Faust. Ist das klar?«, zischte er voller Wut.

»Auch wenn der Versuch sehr amüsant wäre, sollten wir professionell bleiben«, antwortete der Cobra-Beamte unbeeindruckt mit einem süffisanten Lächeln und deutete ihm, mitzukommen.

Der Eingangsbereich und Hauptraum der Bank war leer und wies keine Auffälligkeiten auf.

»Wir haben die Geiseln bereits auf die nächste Dienststelle bringen lassen«, berichtete Katzmann, »Kurz zusammengefasst, das war ein gut durchdachter, perfider Plan. Bis zur Pizzalieferung hat besagter Franz auf alle so gewirkt, wie Herr Ritter es beurteilt hatte. Somit hat die freigelassene Dame uns zwar ihre Sicht erzählt, die hat sich aber dann schlagartig geändert. Alle Geiseln wurden in einen Aufenthaltsraum gesperrt, mit den Pizzen und der Drohung, wenn jemand sich rührt oder laut wird, gebe es Tote.«

»Denise hat genau gewusst, wie wir agieren. Wir haben alles nach Lehrbuch gemacht, genau das wollte sie.« Thomas ballte seine Hände zu Fäusten.

»Der Ausfall der Mikrofone ist demnach ebenfalls auf Ihre Kollegin zurückzuführen. Sie wird ihn informiert haben. Sprengstoff wurde jedenfalls keiner sichergestellt. Die Beschreibung des Geiselnehmers passt zu dem Bild Ihres Verdächtigen.«

»Wenn er nicht seit einigen Stunden tot in einer Wohnung liegen würde. Wir haben immer noch keine Ahnung, mit wem wir es zu tun haben«, meinte Thomas gereizt.

»Der von allen beschriebene Bart wird inzwischen auch abrasiert sein, da wir davon ausgehen, dass er als schwangere Frau getarnt hinausgetragen wurde. Was ansonsten geschah, kann niemand bestätigen. Aber es ist offensichtlich. Folgen Sie mir bitte.«

Thomas folgte dem Mann in den Tresorraum, wo er sofort erkannte, worauf es Franz abgesehen hatte.

Der zwei Meter hohe Tresor an der Wand war völlig unberührt. Die andere Wand bestand aus Schließfächern in unterschiedlichen Größen. Zwei davon waren aufgebrochen, die Türen lagen vor ihm auf dem dunkelroten Teppichboden.

»Herausgeschweißt. Er hatte ja genug Zeit, wir haben ihn ungestört werken lassen.« In Katzmanns Stimme schwang kein Vorwurf mit, jedenfalls wollte Thomas das glauben.

»Wem gehören die Fächer? Wissen wir etwas über den Inhalt?«, fragte Thomas.

Katzmann sah sich um. Zusammen mit ihnen waren noch drei Cobra-Beamte im Raum. Auf eine Handbewegung ihres Vorgesetzten verließen sie den Raum und stellten sich mit dem Rücken zu ihnen vor die Tür. Thomas blickte Simon Katzmann verwundert an.

»Was ist jetzt?«

»Jetzt kommt der Teil mit der Geheimhaltung«, antwortet Katzmann.

»Geht das genauer?«

»Einige dieser Bankschließfächer gehören hochrangigen Politikern und Ministerien.«

Thomas legte den Kopf schief und sah ihn fragend an.

»Die PvR-Bank ist eine Privatbank der Republik Österreich. Schon einmal undercover gewesen?«, fuhr Katzmann fort.

»Ja, kam schon mal vor. Wieso? Und wofür steht PvR?«

»Paul von Röthingen, der Gründer der Bank. In seiner Biografie scheint aber nicht auf, dass er ein Spitzel der Regierung war. Sein Vermögen stammte aus seiner Zeit in Deutschland. Egal, das ist eine andere Geschichte. Über diese Bank laufen Zahlungen, Gehälter und Zuwendungen, die nicht auffallen oder geheim bleiben sollen.«

Thomas nickte. Davon hatte er schon gehört. Er erinnerte sich an einen seiner wenigen Undercover-Einsätze, bei denen er mit großen Summen ausgestattet wurde. Damals hatte er nicht nachgefragt, woher das Geld stammte.

»Und die Schließfächer?«, wollte Thomas zurück zum aktuellen Fall kommen.

»Das ist geheim.«

»Ernsthaft?!«, erboste sich Thomas, »Das kann jetzt nicht wahr ...«

»Es ist geheim«, wiederholte Katzmann, »So geheim, dass auch ich nicht mehr weiß. Als ich einen Statusbericht übermittelt habe, wurde mir mitgeteilt, dass sich eine zuständige Person umgehend auf den Weg machen würde.«

Thomas verdrehte die Augen.

»Genau das brauche ich heute noch.« Thomas drehte sich um und ging hinaus, er hatte das dringende Bedürfnis nach einer Zigarette.

Gedankenverloren marschierte Thomas aus dem Bankgebäude und über die Straße in Richtung Kommandowagen. Er registrierte nicht, dass er an Gerald Foitner vorbeiging, der immer noch vor dem Wagen stand.

»Harter Tag, Bezirksinspektor Kratochwil?« Gerald Foitner klang direkt erfreut ihn zu sehen. »War die Sehnsucht so groß?«

Thomas wurde aus seinen Gedanken gerissen, sah den Mann und schnauzte ihn an.

»Kusch, du Wappler!«

»Aber Herr Inspektor«, meinte Foitner, dessen Hände immer noch auf dem Rücken gefesselt waren, »Durch mich sind Sie doch sicherlich berühmt geworden. Haben Sie einen Orden bekommen?«

»Du kriegst einen ordentlichen Tritt in den Arsch, mehr nicht«, antwortete Thomas aggressiv und wandte sich den beiden Aufpassern zu.

»Bringt ihn zurück. Und sagt dem Hofrat, er soll darauf schauen, dass es sein letzter Ausflug aus dem Häfn war ... für immer.«

»Wo ist denn Ihre nette Kollegin?«, sprach Foitner unbeirrt weiter. Die beiden Beamten schnappten ihn an den Händen.

»Geht es Ihrer Tochter gut? Sie ist zwar schon etwas älter für meinen Geschmack, aber für Sie, Kratochwil, würde ich eine Ausnahme machen.«

Aus einem Reflex heraus schoss seine Faust vor, aber er konnte seinen Schlag noch stoppen, bevor er den Mann traf.

Gerald Foitner taumelte zurück, da er einen Schlag erwartet hatte, immer noch grinsend.

»Warum so aggressiv? Nehmen Sie mir die Achter ab und wir klären das wie echte Männer.«

Thomas holte Luft und kam einen Schritt näher. Die Beamten wollten ihn aufhalten, doch er winkte ab.

»So gerne ich dir eine auflegen möchte, aber den Gefallen werde ich dir nicht tun. Du bist kein Mann, Foitner. Du bist ein kranker Schwerverbrecher, der den Rest seines kümmerlichen Lebens in Stein verbringen wird.«

Thomas setzte ein böses Grinsen auf.

»Aber ich werde dir ein Geschenk machen, damit du mich nicht vergisst. Ich werde persönlich dafür sorgen, dass du aus der Einzelhaft kommst. Selbst im Häfn gibt es eine Hierarchie, und Kinderschänder stehen auf dieser ganz unten. Solche Gestalten wie du, die haben keine lange Lebenserwartung.«

Er deutete den Polizisten, Foitner abzuführen.

»Wir werden uns wiedersehen«, rief Thomas ihm hinterher, »auf deiner baldigen Beerdigung, Foitner.«

Mit aufgestauter Wut marschierte er zurück zu Werner.

»Diese Krätzn!«, fluchte er.

»Es sah danach aus, als hätten Sie beinahe vergessen, dass Sie ein Exekutivbeamter sind«, sagte eine Stimme aus dem Kommandowagen, die Thomas sofort erkannte und zusammenzucken ließ. Innenminister Steinberger kam aus dem Wagen.

»Herr Kratochwil, ich muss sagen, Sie haben sich nicht verändert«, grüßte er Thomas mit stoischer Miene.

17:00 Uhr

Michael Steinberger näherte sich Thomas, anstatt ihm die Hand zu reichen, nickte er ihm nur zu. In seinem maßgeschneiderten dunkelbauen Anzug, weißem Hemd und eng gebundener Krawatte, sah er aus, wie man ihn aus den Medien kannte. Frisch rasiert, mit kurzen, hochgestellten Haaren, die mehr grau als schwarz waren, wirkte der knapp 50-jährige bereit für eine Pressekonferenz. Sein kantiges Gesicht mit dunklen, stechenden Augen verlieh ihm eine strenge Autorität.

»Ihnen ist die Situation völlig entglitten«, fasste er seine Meinung kurz und prägnant zusammen.

Thomas strich sich über sein Kinn und bemühte sich, ruhig zu bleiben.

»Es war nicht abzusehen, welche Wendung dieser stinknormale Banküberfall nehmen würde. Bevor wir nun wieder herumstreiten, sollten wir herausfinden, worum es genau geht«, sagte Thomas, »Wenn Sie hier sind, nehme ich an, diese Schließfächer und deren Inhalt haben mit Ihrem Ministerium zu tun. Oder mit Ihnen persönlich.«

Der Minister blieb einige Sekunden regungslos, bevor er antwortete.

»Herr Ritter, Herr Kratochwil, Ihnen ist bewusst, dass wir hier über Sachverhalte sprechen, die unter strenger Geheimhaltung ...«

»Ja, das habe ich schon gehört«, warf Thomas ein, »Aber wenn wir weitermachen sollen, muss ich wissen, worum es eigentlich geht.«

Das Läuten von Thomas Handy unterbrach ihr Gespräch.

Er sah auf sein Display und verdrehte die Augen.

»Einen Moment, ich bin gleich wieder bei Ihnen«, sagte er und wandte sich ab.

Einige Schritte entfernt hob er ab.

»Hallo Schatz. Es ist gerade unpassend.« Er hatte im Moment keine Zeit für ein Gespräch mit seiner Frau.

»Unpassend?!« fauchte seine Frau Kerstin voller Wut ins Telefon. Noch bevor Thomas überlegen oder antworten konnte, sprach sie wutentbrannt weiter.

»Wieso unpassend? Störe ich euch gerade beim Vögeln?«

»Wie bitte?«, fragte Thomas. Das Letzte, was er jetzt brauchen konnte, war ein neuer Eifersuchtsanfall seiner Frau.

»Du hast mich die ganze Zeit über angelogen! Ich habe es vermutet, aber ...«, sie holte Luft, die kurze Pause nutzte Thomas.

»Wovon redest du? Kerstin, ich bin hier mitten in ...«

»Es ist mir scheißegal, wo du gerade drinnen steckst.«

»Was ist genau passiert, dass du jetzt...?« Thomas hätte am liebsten aufgelegt.

»Was passiert ist? Es hat an der Tür geläutet. Zum Glück bin ich und nicht unsere Tochter hingegangen! Was glaubst du, denkt Anastasia, wenn sie ihren notgeilen Vater sieht, wie er es mit seiner Kollegin treibt, noch dazu so...«

»Was sehen? Verdammt, was willst du von mir?«, ärgerte sich Thomas, dass er schon wieder nicht verstand, was passierte.

»Ich habe ein Kuvert bekommen, ohne Absender, einfach vor der Tür abgelegt. Jemand hat mir Bilder geschickt, sehr scharfe Aufnahmen, auf denen man dich und diese Hure wunderbar erkennt! Wie ihr es miteinander treibt! Wie du Sachen mit ihr machst, bei denen mir schlecht wird!«

Thomas fühlte sich, als würde ihn eine Faust mit voller Wucht mitten ins Gesicht treffen. Ihm wurde schwindlig, er lehnte sich gegen den Kommandowagen.
»Hat Anastasia etwa ...?«
»Nein, es reicht, wenn ich sehe, wie mein Ehemann diese Fotze vögelt! Du kannst deine Sachen packen, du verdammter ... Wenn du mir unter die Augen kommst, ich schwöre dir...«
Thomas wurde kurz schwarz vor Augen, da ihm bewusst wurde, dass gerade sein Privatleben völlig auseinanderbrach. Auch wenn er sich immer wieder Gründe für seine Affäre eingeredet hatte, hatte er nie vorgehabt, seine Ehe zu gefährden oder Kerstin zu verlassen.
»Ich bin hier gerade mitten in einem Fall«, versuchte er Zeit zu gewinnen.
»Wirklich? Oder ist das auch wieder nur eine Ausrede, um eine schöne Zeit mit deiner Denise zu haben?«
»Nein, sie ...«, er überlegte, ihr alles zu erklären, aber dazu fehlten ihm gerade die Zeit und das klare Denken.
»Red mit mir, jetzt!«, fauchte Kerstin ihn an. Gleichzeitig kam Werner um die Ecke.
»Ich muss auflegen, aber ich werde mit dir reden und wir werden das alles in Ruhe besprechen.«
»Ist die Hure bei dir?«
»Nein, sie ... Das ist kompliziert.«
»Kompliziert?«, schrie sie ihn an, »Nicht so kompliziert, wie mich jedes Mal anzulügen! Wie lange läuft das mit euch beiden schon?«
»Ich muss...«
»Du wirst mich jetzt nicht abwürgen!«, schrie seine Frau hysterisch ins Telefon.
»Doch, ich muss weiter hakln! Wir reden, wenn ich heimkomme.«

»Ja, passt schon. Irgendeine Ausrede wird dir schon einfallen.«

»Keine Ausreden. Wir werden reden und ich werde dir alles erklären. Jetzt geht es aber nicht.«

Thomas fügte noch ein »Ich liebe dich« hinzu, doch seine Frau hatte bereits aufgelegt.

17:15 Uhr

Thomas sank in die Hocke, den Blick auf den Boden gerichtet. Nachdem Werner ihm eine Minute Zeit ließ und Michael Steinberger in den Kommandowagen zurückschickte, hockte er sich neben Thomas.

»Das klang nicht gut«, meinte Werner, der nah genug gestanden war, um Thomas´ Frau zu hören.

»Das ist kein Zufall«, war sich Thomas sicher. Seine Stimme war brüchig und leise. Der Banküberfall, Denise und die geheimen Dokumente, selbst der Innenminister, alles war ihm im Moment völlig egal. Er wollte heim. Er wollte mit Kerstin reden und ihr alles gestehen. Er wollte weder sie noch seine Tochter verlieren.

»Von Denise eingefädelt«, sagte Werner neben ihm und holte ihn aus seinen Gedanken.

»Sie hat alles von Anfang an durchgeplant. Dann passt das jetzt auch«, stimmte Thomas zu.

»Jetzt musst du nur überlegen, warum«, sprach Werner ruhig auf ihn ein.

»Ich werde hier abbrechen. Ein anderer soll übernehmen, ich muss heim zu meiner Familie.«

»Das verstehe ich«, stimmte ihm Werner zu.

»Mir ist Powidl, was hier abgeht. Meine Frau und meine Tochter sind mir wichtiger.«

»Das verstehe ich«, wiederholte Werner völlig ruhig. Thomas blickt auf und sah dem Psychologen in die Augen.

»Das hier kann nicht so wichtig sein, wie meine Familie.«

»Ja, genauso ein Mensch bist du«, bestätigte ihm Werner mit gutmütiger Miene.

Thomas stutzte kurz.

»Was meinst… Moment, glaubst du etwa, genau das war ihr Plan?«

»Weil sie dich genauso gut kennt?«, fragte Werner, dessen Lippen langsam ein Lächeln bildeten.

»Sie will, dass ich verschwinde, dass ich ihr nicht mehr nachjage.«

»Jetzt musst du überlegen, warum«, sprach Werner gebetsmühlenartig auf ihn ein.

»Warum? Ich weiß nichts. Sie hat diesen Plan alleine ausgearbeitet. Ich habe doch keine Ahnung.«

Werner zog ihn hoch, stellte sich vor ihn und legte ihm eine Hand auf die Schulter.

»Überlegen, Thomas, intensives Nachdenken«, schlug er vor, »Wie hat es begonnen?«

»Zuviel Arbeit, davon natürlich viele Fälle zusammen bearbeitet. Wir hatten viele Nachteinsätze …«

»Und sie hat dich verführt.«

Thomas starrte ins Leere.

»Wenn man nur für den Job lebt. Ich hätte eigentlich gedacht, dass mir sowas nicht passiert. Ja, daheim hat es zu der Zeit nicht gepasst, aber trotzdem«.

»Sie ist nicht unattraktiv und wird gewusst haben, wie sie dich rumkriegt.«

»Wenn es eine Frau wie sie ernsthaft darauf anlegt, dann schafft sie es«, pflichtete Thomas ihm bei.

»Normalerweise ja. Bei mir zwar nicht, aber…«, meinte Werner beiläufig.

»Meinst du, nur weil du Psychologe bist, bist du davor gefeit?«, fragte Thomas beleidigt.

»Nein, aber bei mir beißt sich eine Frau die Zähne aus«, versicherte ihm Werner schmunzelnd.

»Das habe ich auch einmal gedacht«, meinte Thomas säuerlich.

»Nun, bei mir ist es so. Aber es geht nicht um mich.«

»Du bist dir da ja sehr sicher.« Werners Sicherheit ärgerte Thomas.

»Ja, bin ich.«

»Glaub mir, wenn du nicht gerade schwul bist, …«

»Genau.«

»… dann kannst du nie sicher sein.« Thomas stutzte überrascht, »Was?«

Er benötigte einige Sekunden, um zu verstehen, was der Polizeipsychologe gerade gesagt hatte.

»Wie gesagt, egal welche Frau, bei mir hat sie keine Chance«, sagte Werner selbstsicher.

»Du Glücklicher.«

Werner schmunzelte.

»Beziehungen sind immer risikoreich, egal in welcher Konstellation.«

Michael Steinberger war aus dem Kommandowagen zu ihnen gekommen und stand schon länger hinter ihnen.

»Wenn die Herren dann mit der Therapiestunde fertig sind, wir haben hier einen Fall von Diebstahl geheimer Unterlagen bis hin zu möglichem Staatsverrat. Dürfte ich darum bitten, dass Sie Ihre persönlichen …«

»Hör zu«, fuhr Thomas den Minister an, »ich kann auch einfach gehen und du kümmerst dich alleine um diese ganze Scheiße hier! Dieses Weib hat mein Leben zerstört!«

»Ihre Affäre?«

Thomas schnaubte.

»Ja, mein Gspusi hat mich voll verarscht. Dafür wird sie bezahlen, verstanden?!«

Steinberger streckte die Hände beschwichtigend zur Seite und nickte Thomas zu.

»Ich bitte darum, Herr Bezirksinspektor.«

Werner legte Thomas erneut die Hände auf die Schultern und lehnte sich vor.

»Denk nach. Konzertiere dich. Sie hat alles so arrangiert, dass du normalerweise jetzt heimfahren würdest. Du kennst sie, also warum?«

Thomas schloss die Augen und ließ Werners Worte auf sich wirken.

»Ich weiß nicht, ob ich sie wirklich kenne.«

»Konzentrier dich.«

»Auf was denn?« Thomas fiel es schwer, seine aufgestaute Wut zu unterdrücken und einen klaren Gedanken zu fassen.

»Wohl kaum auf die Nächte«, sagte der Innenminister, was ihm einen wütenden Blick von Thomas und Werner bescherte.

»Wir haben auch sonst einiges unternommen«, stellte Thomas klar.

»Denk weiter«, sprach Werner im leisen Ton weiter auf ihn ein.

»Sie hat … wir waren oft hier im ersten Bezirk unterwegs«, und mit Blick auf den Minister fügte er hinzu, »aber auch in verschiedenen Hotels. Ein Abendessen auf dem Donauturm … Eine Sightseeingtour in die Kanalisation, verschiedene Museen, wie das Kriminalmuseum, das Kunst- und Naturhistorische Museum, die Dritte-Mann-Tour… oder auch auf den Kahlenberg und so weiter.«

»Wie lange läuft … lief diese Affäre?«, fragte der Innenminister nach.

»Seit über einem Jahr. Für Belehrungen und Vorwürfe können Sie gerne mit meiner Frau …«, Thomas stoppte mitten im Satz und richtete sich spontan auf, dass Werner überrascht zurückzuckte.

»Die Kanalisation, der Untergrund von Wien! Die alten Luftschutzkeller sind miteinander verbunden.«

»Muss ich verstehen, was du meinst?«, wunderte sich Werner.

»Ich muss zurück in diesen Innenhof. Dort, wo wir die Verbindung verloren haben.«

Thomas lief zu einem Polizisten bei einem Fahrzeug und forderte den Autoschlüssel. Ohne nachzufragen, wurde ihm der Schlüssel zum Dienstwagen ausgehändigt.

»Ich werde Sie begleiten«, sagte Michael Steinberger, der ihm gefolgt war.

»Ihr Ernst?«, fragte Thomas wenig begeistert.

»Ja«, kam als trockene Antwort des Ministers.

»Das ist Polizeiarbeit und kein ...«

»Ich möchte darauf hinweisen, dass ich eine umfassende militärische Ausbildung genossen habe.«

Werner versteckte sein breites Grinsen hinter der Hand.

»Das kann lustig werden«, meinte er amüsiert.

»Ihr Einsatz ist hiermit beendet, Herr Ritter«, gab ihm Steinberger als Antwort.

»Das glaube ich nicht«, er reichte ihnen Ohrstöpsel, »Sobald das GPS-Signal zurück ist, melde ich mich bei euch.«

Thomas nahm hinter dem Steuer Platz. Während der Innenminister neben ihm einstieg, beugte sich Werner zu Thomas.

»Viel Glück. Erschlagt euch bitte nicht.«

»Ich werde mich bemühen«, meinte Thomas und schlug die Tür zu.

17:35 Uhr

Thomas schaltete das Blaulicht ein, lenkte den Wagen auf die Ringstraße und gab Gas.

»Erzählen Sie mir nun genaueres von Ihrer Eingebung?«, bat der Innenminister.

»Wenn Sie mir mehr über diese Schließfächer berichten.«

Steinberger nickte: »Also, ich höre.«

»Wie gut kennen Sie sich mit dem Zweiten Weltkrieg aus, bezogen auf Wien?«

Michael Steinberger sah ihn tadelnd an.

»Ich bin Wiener und Innenminister Österreichs. Dementsprechend sollte ich wohl auch über die Geschichte unserer Republik Bescheid wissen.«

Thomas überging seine spöttische Aussage.

»Sagt Ihnen das Luftschutz Raumnetz Innere Stadt etwas?«

»Ein sperriges Wort. Ich kann mir darunter vorstellen ...«

»Ab 1944 wurde unter dem ersten Bezirk ein regelrechtes Labyrinth an Luftschutzkellern, samt Verbindungen geschaffen. Mehrere Stockwerke tief, ausgestattet mit dem Notwendigsten um längere Zeit in diesen Räumen zu überleben. Über den Hauskeller und sogenannte Hauptausstiegsbauwerke an öffentlichen Plätzen konnte das Luftschutz-Raumnetz betreten werden. Auch wenn viele Keller im Bezirk einen Zugang zu diesem Netz haben, die Verbindungsgänge sind heutzutage nicht mehr komplett miteinander verbunden. Mauerdurchbrüche und Verbindungsgänge wurden zugemauert, Türen sind versperrt.«

»Soviel zur Geschichte der Stadt. Was hat das mit Foitner und dem flüchtigen Unbekannten zu tun?«, fragte Steinberger ungeduldig.

»Vergessen Sie Foitner, der war nicht mehr als ein roter Hering. Denise und ...«

»Roter Hering?«, unterbrach ihn Steinberger.

»Ja, Herr Innenminister. Ein Wortspiel für einen Gegenstand, oder in unserem Fall eine Person, die nur zur Ablenkung dient.«

Thomas bog bei der Staatsoper von der Ringstraße ab.

ufgrund der abendlichen Hauptverkehrszeit benutzte Thomas das Signalhorn, um über zwei Spuren in die Nebenstraße zu gelangen.

»Sie überraschen mich, Kratochwil«, meinte Michael Steinberger, den es in der engen Kurve gegen den Bezirksinspektor drückte.

»Inwiefern?«

»Ihr Wissen über Wien und jetzt ein Fachausdruck.«

»Dachten Sie, ich bin nur ein depperter Kieberer?«, wurde Thomas ungehalten.

Steinberger verdrehte die Augen.

»Wir sollten an unserer Kommunikation arbeiten. Diese Anfeindungen müssen nicht sein. Wir müssen keine Freunde werden, aber ein normaler Umgang wäre ...«

»Schon verstanden. Ich bemühe mich«, zeigte sich Thomas einsichtig, während er den Wagen hinter einem Fiaker einbremste.

»Sie glauben also, dass Ihre Kollegin und dieser Franz die Sache mit Gerald Foitner nur als Vorwand genommen haben?«

»Ja«, war sich Thomas sicher, »Zusammen mit den anderen Ereignissen war es die perfekte Ablenkung. Angeblich habe ich mit Mustafa Taremi telefoniert, der ideal als Geiselnehmer ins Bild passte. Außerdem«, seine

Tonlage wurde vorwurfsvoll, »hat mich niemand über die Besonderheit der Bank informiert.«

Michael Steinberger überhörte den Vorwurf.

»Kommen wir nochmals zu den Luftschutzkellern. Was möchten Sie mir damit sagen?«

Zurück in der Gasse, wo vor kurzem noch die Schießerei stattfand, parkte Thomas den Wagen auf dem Gehsteig vor einer Telefonzelle.

»Wir haben an einer Tour durch einige dieser alten Keller teilgenommen. Denise hatte den Spaziergang eigentlich alleine geplant, aber da ich bei ihr übernachtete, gab es keinen sinnvollen Grund, mich nicht mitzunehmen.«

Sie stiegen aus und machten sich auf den Weg zu dem Durchgang.

»Wenn ich richtig liege, dann sind sie in einem der Häuser verschwunden und haben sich über einen Keller Zugang zu diesem Netz verschafft.«

»Mir erschließt sich der Sinn des Ganzen noch nicht«, gestand der Innenminister, während sie durch den Steinbogen gingen.

»Denise kennt alle Methoden der Polizei. Sie weiß, dass wir den Bezirk abriegeln können. Sie weiß, dass wir jede Wohnung hier überprüfen werden.«

»Aber ohne Ihren Geistesblitz würde niemand auf die Idee kommen, im Keller nachzusehen.«

Thomas nickte und sah sich erneut um. Zur Linken waren zwei versperrte und mit einem Gitter versehene Hauseingänge. Thomas inspizierte die goldene Gegen-sprechanlage. Neben den Klingelknöpfen standen keine Namen, nur »Top« und die Türnummer. In der Mitte der Tafel blickte ihnen eine eingelassene Kamera entgegen.

Wahllos drückte er mehrere Knöpfe, bis sich eine Stimme aus dem Lautsprecher meldete.

»Bitte?«, meldete sich eine Frauenstimme nach einem kurzen Rauschen.

»Polizei, guten Abend. Bitte öffnen Sie die Tür.«

»Ausweis?«, fragte die unfreundliche Stimme.

Thomas hielt seinen Dienstausweis vor die Kamera.

»Und das soll ein Polizeiausweis sein? Sowas kann sich doch jeder selber machen«, war die Frauenstimme nicht überzeugt.

Bevor Thomas zu einer Antwort ansetzen konnte, drängte sich der Innenminister vor die Kamera.

»Werte Dame, Innenminister Steinberger hier. Wären Sie so freundlich und würden Sie ... meinem Kollegen und mir die Tür öffnen?«

Kurze Pause, scheinbar musterte die Frau den Mann vor der Kamera.

»Herr Innenminister, es ist mir eine Ehre!« Plötzlich war ihre Unfreundlichkeit verflogen. Ein Summen an der Tür und die Eingangstür ließ sich öffnen.

»Bitte schön, sehr gerne, Herr Minister. Wenn ich Ihnen zu Diensten sein kann, Sie finden mich im dritten Stock, Top 12.«

»Vielen Dank, ich werde darauf zurückkommen«, meinte Steinberger und zog die Tür auf.

»Gehen Sie ruhig vor, Kratochwil.«

Thomas schüttelte den Kopf, ersparte sich aber einen Kommentar und ging voran.

Hinter der Gittertür führte ein Gang zu einer breiten Wendeltreppe. Während der Vorraum wie frisch gestrichen wirkte und die weißen Wände keine Altersspuren aufwiesen, waren die Treppen der Stiege abgeschlagen und restaurierungsbedürftig. Beim hölzernen Handlauf an der Wand waren deutlich die Ausbesserungen zu erkennen. Michael Steinberger deutete auf den Stiegenabgang neben der Treppe.

»Könnten sie hier in den Keller geflüchtet sein?«

»Schauen wir nach.«

Sie stiegen die breite Steintreppe hinab zu einer Metalltür.

»Wir werden einen Schlüssel ...«, begann Michael Steinberger, doch Thomas hatte schon nach der Türschnalle gegriffen und die Tür aufgerissen. An der Seite des Schlosses war zu sehen, dass es manipuliert wurde, um nicht abgesperrt werden zu können.

»Das wäre ein Hinweis, dass wir richtig liegen«, stellte Thomas fest und ging voran.

Neben der Tür fanden sie einen Lichtschalter, der die wenigen freiliegenden Glühbirnen einschaltete und einen geraden Gang ausleuchtete. Die Wände bestanden aus staubigen, rotbraunen Ziegelsteinen, die wenig professionell verputzt wurden, der Boden war uneben und ebenfalls mit einer dicken Staubschicht überzogen. Zu beiden Seiten sahen sie morsche Holztüren mit Vorhängeschlössern.

Thomas und der Innenminister inspizierten die Holztüren, wobei jede mit einem mehr oder weniger schweren Vorhängeschloss versperrt war.

»Wenn die schon die Kellertür präpariert haben, dann wohl auch eines der Schlösser hier«, überlegte Steinberger laut und rüttelte an der ersten Tür.

»Oder sie haben eine ganz andere Tür genommen.« Thomas deutete auf eine schäbige Metalltür, die am Ende des Gangs im Halbdunklen lag.

Es reichte, einmal fest an dem Metallgriff zu ziehen, und sie war offen. Dahinter erwartete sie ein staubiger Weg, der nach wenigen Metern in die Dunkelheit abbog.

»Ich vermute, Sie dürften richtig liegen, Kratochwil.«
Steinberger zückte sein Handy, um mit eingeschalteter
Taschenlampe weiterzugehen.

Der Gang endete in einem kleinen Gewölbe, in dem
zwei weitere Gänge jeweils abwärts führten.

»Wir werden uns aufteilen, passen Sie auf sich auf«,
entschied der Innenminister und wandte sich sogleich
dem Gang zu seiner Rechten zu. Thomas widersprach
nicht, holte sein Handy hervor und marschierte den
anderen Durchgang entlang.

Nach wenigen Metern landete Thomas an einem
Stiegenabgang, vor ihm eine steile Treppe mit maroden
Holzsprossen. Er nahm sich kurz Zeit, die Umgebung
zu inspizieren.

Die Wände waren bis zu seiner Augenhöhe aus dicht
aneinandergepressten Ziegelsteinen, darüber war die
gebogene Decke zementiert. Ein graues, Jahrzehnte
altes Kabel verlief die Wand entlang, mehrere Haken
waren aus der Wand gefallen und lagen auf dem Boden.
Im Vorbeigehen sah Thomas eine Markierung auf
einem der Ziegelsteine und leuchtete darauf.

»Zehetbauer 23. II. 1945«, hatte jemand auf einen Stein
geschrieben.

»Wie tief sind wir unter der Straße, dass die Leute
damals sicher vor Bombenangriffen waren?«, überlegte
er murmelnd und ging weiter, bis er erneut auf einen
kleinen Raum stieß. Ein Holztisch, der offensichtlich
weitaus jünger war, stand mitten im Raum. Der weitere
Weg war durch ein Gittertor versperrt. Dieses Mal hatte
Thomas kein Glück, das Schloss war zugesperrt. Er
wollte sich auf den Rückweg machen, als ihm hinter
dem Tisch ein quadratisches Loch in der Wand auffiel.

»Nicht einmal groß genug für ein Kind«, stellte er fest,
als er das Licht seiner Handy-Taschenlampe darüber

gleiten ließ. Bei genauerer Betrachtung stellte Thomas fest, dass an dieser Stelle früher ein normaler Durchgang vorhanden war. Der Bogen aus Ziegelsteinen war noch zu erkennen, danach hatte man den Durchgang zugemauert. Thomas bückte sich und erkannte, dass das Loch erst vor kurzem durchgestoßen wurde, da sich deutlich weniger Staub angesetzt hatte. Er ging auf die Knie, kroch hindurch und landete in einem verfallenen Raum, dessen Boden mit zerlegten Regalen, Dosen, Flaschen und Unrat übersät war. Bislang hatte ihn nur ein leicht modriger Geruch begleitet, der nun aber deutlich unangenehmer wurde. Vorsichtig stieg er über die staubbedeckten Dosen, erkannte, dass es sich sowohl um geöffnete, aber auch noch verschlossene handelte, wobei die Etiketten völlig vergilbt und nicht mehr lesbar waren. Das morsche Holz hielt keinem Tritt stand, sobald er auf eine Platte stieg, zerbrach diese mit lautem Krachen und wirbelte Staub auf. Mühsam kämpfte er sich durch den Raum, bis zu einer Nische, an der ein halb verfallenes Regal an der Wand lehnte. Daneben führte ein schmaler Spalt aus dem Raum. So schmal, dass sich Thomas nur seitlich durchpressen konnte.

Inzwischen hatte er die Orientierung verloren, redete sich aber dennoch ein, den Rückweg wiederzufinden.

Der nächste Gang, in dem er landete, wirkte überraschend sauber. Plötzlich hörte er ein Geräusch, blieb augenblicklich stehen und deckte die Lampe seines Handys ab.

Ein metallischer Klang, als würde jemand mit einem Stab gegen ein Metallgitter schlagen, dachte Thomas und schlich im Dunkeln weiter. Nach kurzer Zeit glaubte er, am Ende des Gangs einen schwachen Schein zu erkennen. Mit einer Hand griff er nach seiner Waffe, während er an die Wand gedrückt weiterschlich. Das Licht wurde heller. Geräusche nahm er keine mehr wahr, außer die seiner Schritte, welche trotz aller Vorsicht auf dem Boden klackten. Am Ende des Ganges lugte Thomas um die Ecke. Der Raum vor ihm war mit einer Deckenlampe erleuchtet. Nur schwach, aber es reichte, um zu erkennen, dass ein Gitter den Raum trennte. Thomas steckte sein Handy ein, trat in den Raum und sah sich um. Hinter dem Gitter gab es noch einen weiteren Weg aus dem Raum.

»Das ist ja das reinste Labyrinth«, sagte Thomas zu sich selbst.

»Da hast du völlig Recht, mein Lieber!«, antworte eine bekannte Frauenstimme, deren Silhouette im Schatten hinter dem Gittertor aufgetaucht war.

18:00 Uhr

Thomas riss seine Waffe hoch.

»Keine Bewegung!«, rief er, erntete aber nur ein Lachen von Denise.

»Glaub ja nicht, dass ich nicht abdrücke!«

Die Frau drehte sich um und machte einen Schritt auf ihn zu. Nun schien eine der an den Wänden montierten Lampen auf ihr Gesicht.

»Du bist tatsächlich gekommen. Was ist mit deiner Frau?«, fragte Denise mit gespielter Besorgnis.

»Bleib wo du bist und leg deine Pistole nieder«, forderte Thomas sie auf.

Denise grinste und zog langsam ihre Waffe heraus. Ihre Hand hob sich, bis die Pistole auf Thomas zielte.

»Das werde ich nicht machen. Würdest du wirklich auf mich schießen? Nach allem was wir erlebt haben?«

»Du hast mich die ganze Zeit nur verarscht und belogen. Du verdammte ...«, zischte er wütend.

»Ich möchte ehrlich sein, du hast vollkommen Recht. Aber glaub mir, auch wenn du kein Traumtyp von Mann bist, im Bett bist du wirklich sehr ...«

»Halts Maul!«

Denise quittierte seinen Aufschrei mit einem Lächeln.

»Thomas, ich mag dich wirklich. Deshalb werde ich jetzt gehen und nicht abdrücken. Vergiss einfach, was heute war. Kümmere dich um Kerstin, um eure Tochter und eure Beziehung. Diese Angelegenheit hat nichts mehr mit dir zu tun«, sagte sie und drehte sich um.

»Wenn du noch einen Schritt machst, drücke ich ab. Nochmal wirst du mich nicht ver...«

Denise drehte ihren Kopf zu ihm.

»Ein kleiner Rat noch«, fiel ihr ein, »Du solltest nicht so viel fluchen und schimpfen.«

Sie ging weiter. Thomas zögerte einen Moment, dann drückte er ab.

Klick.

Er machte einen Schritt vor und drückte erneut ab. Nur ein leises Klicken kam aus der Waffe, mehr nicht. Denises' Miene wurde ernst, als sie realisierte, dass er tatsächlich auf sie geschossen hätte. Dann lachte sie auf.

»Und jetzt überlege, wer dir die Waffe gebracht hat.«

Thomas schnaubte, fluchte leise und steckte das nutzlose Stück Metall wieder ein.

»Was hast du vor, Denise?«

»Sorry, das kann ich dir nicht sagen. Nur soviel, es betrifft dich nicht mehr und es ist nichts Persönliches.«

»Nicht persönlich? Du hast mich von Anfang an benutzt.« Er steckte seine Hände in die Jackentasche, wo er unauffällig nach seinem Handy kramte.

»Ja, das stimmt wohl. Aber es hat uns beiden auch gefallen, das musst du schon zugeben.«

»Das Hotel war kein Zufall, die Uhrzeit war kein Zufall«, überlegte Thomas laut und wütend.

»Natürlich. Was glaubst du, wie mühsam es war, alles genau zu timen?« Denise hatte sich wieder umgedreht und gegen das Gitter gelehnt, die Waffe immer noch in der Hand.

»Und ich habe mich noch gewundert, welche Schuhe du trägst«, meinte Thomas, gleichzeitig hoffte er, auf seinem Handy die Aufnahmefunktion eingeschaltet zu haben.

»Ich hätte nicht gedacht, dass dir das auffällt. Wobei, wenn ich überlege, wie du auf meine High Heels abgefahren bist ...«

»Was hat es mit dem Anruf von meinem Handy auf sich?«, fragte Thomas weiter.

»Du bist aber neugierig, mein Lieber. Aber ich habe noch etwas Zeit. Also, der mysteriöse Anruf? Der war doch so leicht. Warum glaubst du, hast du nach unserer heißen Nummer so gut geschlafen? Warum habe ich wohl die Piccolos mitgenommen?«

»Du hast mich unter Drogen gesetzt?«, fragte Thomas. Er stutzte fast unmerklich, als er ein Geräusch hinter sich vernahm. Im Versuch, gelassen zu wirken, zündete er sich eine Zigarette an.

»Drogen, naja. Ein gut dosiertes Schlafmittel. So konnte ich kurz verschwinden.«

»Du hast Mustafa Taremi angerufen und zu der Adresse geschickt.«

»Genau. Ich wusste, dass er Nachtdienst hatte. Also habe ich ihn angerufen und erzählt, dass es neue Entwicklungen gab. Natürlich war er sofort bereit, sich zu treffen.«

»Wo du ihn eiskalt umgebracht hast.«

Denise antwortete nicht, ihr Grinsen blieb aber.

»Warum auch Frau Taremi?«

»Also bitte, das ist doch offensichtlich. Ich musste verhindern, dass sie zur Bank gebracht wird, um mit ihrem vermeintlichen Mann zu sprechen.«

»Du hast sie kaltblütig erschossen. Wo finden wir den Schalldämpfer?«

»Wahrscheinlich gar nicht, den habe ich im Müll entsorgt, gleich vor dem Haus.«

Thomas konnte nur den Kopf schütteln. Innerlich verfluchte er sich dafür, auf diese Frau hereingefallen zu sein.

»Natürlich habe ich vorher alle Eltern überprüft, der Verdacht konnte nur auf Taremi fallen. Er war sogar ein wichtiger Teil des Plans.«

Thomas wurde nervös, als ihm klar wurde, dass Denise viel zu viel erzählte.

»Wozu das alles?«, fragte er und nahm die inzwischen zur Hälfte gerauchte Zigarette zwischen Zeige- und Mittelfinger seiner Faust.

»Um den Verdacht auf dich zu lenken, was glaubst du denn? Natürlich würde niemand auf die Idee kommen, dich längerfristig zu beschuldigen. Doch alleine die Zeit, die wir damit beschäftigt waren, reichte als Ablenkung. Es war nur ein Spiel auf Zeit.«

Er hörte zwar Denise' Ausführungen zu, gleichzeitig aber auch auf die anschleichenden Schritte, die näher kamen. Obwohl sich die Person bemühte, die Pistole leise zu entsichern, hatte er das fast lautlose metallische Knacken sofort erkannt.

»Jetzt, mein Lieber, muss ich mich verabschieden. Es war eine schöne Zeit, aber...«

Thomas hörte den Schritt neben sich, drehte sich blitzschnell um und schlug mit der Faust, in der er seine Zigarette hielt, zu. Er traf die Person mitten im Gesicht. Wie ein kleines Feuerwerk aus Funken sprangen die Glimmerteile über die Wange des Unbekannten. Durch das Licht der Funken erkannte er die Sanitäteruniform. Der Mann hob seine Hände, schrie schmerzerfüllt auf und wollte zurückweichen, als Thomas ihn beiseite stieß und losrannte.

»Drück ab, du Trottel! Er darf hier nicht lebend raus!«, schrie Denise.

Thomas rannte den nächstmöglichen Gang entlang, der schnell stockdunkel wurde, ertastete eine Abbiegung und lief vorsichtig weiter.

Er stolperte über eine Holzplanke, schrammte an der rauen Wand vorbei, aber es war ihm zu gefährlich, das Licht auf seinem Handy wieder anzumachen. Hinter ihm hörte er Denise rufen: »Du weißt, wo er nicht langkommen darf, also erwisch ihn!«

Deutlicher konnte es für Thomas nicht sein, dass seine Kollegin, mit der er vor einigen Stunden noch im Bett gelegen war, ihn nun ohne Skrupel töten wollte. Hinter sich sah er das schale Licht einer Taschenlampe. Sein Verfolger leuchtete in den Gang, Thomas drückte sich gegen die Wand und spürte einen Stapel Holzbretter im Rücken. Der Mann kam nicht näher, sondern suchte in einem anderen Gang weiter. Bewegungslos lauschte Thomas, wie sich die Schritte entfernten.

Er wartete noch eine Minute, erst dann nahm dann er sein Handy zur Hand. Zuerst drehte er die immer noch aktive Aufnahme ab, danach riskierte er erneut die Taschenlampenfunktion. Vor ihm wurde ein halb eingefallener Gang sichtbar. Ein Teil der Decke war herabgestürzt, mehrere Holzstangen stützten die Decke. Ein Berg von Ziegelsteinen, Schutt und Betonbrocken versperrte ihm fast den ganzen Gang. Wasserpfützen auf dem Boden und feuchte Wände sorgten für einen intensiveren Geruch des Verfaulens. Mühsam zwängte sich Thomas an dem Geröllhaufen vorbei und stand vor einer Gabelung. Zu seiner Linken sah er nach zwei Metern ein herumhuschendes Schimmern, weshalb er sich für den anderen Gang entschied.

Zwei Rohre an der Decke machten diesen Gang noch beengter. Die silbernen Rohre mit jeweils einem halben Meter Durchmesser stammten aus der Gegenwart. Von ihnen ging eine unangenehme Hitze aus, Thomas presste sich im Vorbeigehen an die Ziegelwand, um nicht die Rohre zu berühren. Dachte er, dass er sich an den modrigen Geruch inzwischen gewöhnt hatte, verstärkte die heiße Luft den Gestank, dass ihm leicht schlecht wurde. Vor einer Holztür, deren morsche Querplanken teilweise auf dem Boden lagen, bogen die Rohre nach oben ab. Thomas zog an der Tür, die dabei beinahe aus den rostigen Angeln fiel, begleitet von einem krächzenden Quietschen, und schlüpfte hindurch.

Nur einen Schritt vor ihm blockierten vier ein Meter hohe Metallfässer den Weg. Erst auf den zweiten Blick erkannte er, worum es sich handelte. Die Not-Aborte aus der Zwischenkriegszeit hatte er schon einmal gesehen. Zu seinem Glück waren die Fässer, die als Toiletten benutzt worden waren, geschlossen. Der faulige Gestank in seiner Nase reichte ihm vollkommen. Eine weitere Tür aus stabilem Metall und unverschlossen führte aus diesem Raum.

Im nächsten angelangt, sah sich Thomas um. Früher waren Tische und Stühle in diesem Raum gestanden, nun waren sie zerbrochen. In einer Ecke entdeckte er einen betonierten Treppenaufgang. Am Ende des Aufganges leuchtete ein grüner Streifen an der Wand. Beim Näherkommen konnte Thomas in dem Streifen »Erste Hilfe« und einen Pfeil nach links lesen. Einerseits war er froh über die, wenn auch schwache, Lichtquelle und einen Orientierungspunkt, doch dann fiel ihm ein, dass es sich um phosphoreszierende Farbe handeln musste.

Diese leuchtete nach Lichteinstrahlung noch lange nach. »Also war erst vor Kurzem jemand hier«, murmelte er, wandte sich trotzdem nach links und folgte dem Hinweis.

Das Licht seines Telefons zeigte ihm wieder einen Gang, der nur etwas über einen Meter breit war, einige der Ziegel an den Wänden waren ausgebrochen. Ein Geräusch hinter ihm ließ Thomas zusammenzucken.

Schritte!, fuhr es ihm durch den Kopf, er beschleunigte sein Tempo, ohne zu wissen, wie lang der Gang war. An einer Holztür vor der Wand am Ende des Ganges horchte Thomas und war sich sicher, dass die Schritte näherkamen. Schnell riss er die Tür auf und zog sie hinter sich wieder zu. Noch bevor er reagieren konnte, hatte er plötzlich eine Hand am Hals und wurde neben der Tür gegen die Wand gedrückt. Sein Versuch, die Hand wegzuschlagen, scheiterte, ebenso sein versuchter Faustschlag.

»Ich bin es, Kratochwil«, flüsterte Steinberger, ließ ihn los und machte einen Schritt zurück.

»Wie sind Sie hier gelandet?«, fragte Thomas und leuchte zuerst auf den Innenminister und dann den Raum aus. Im Gegensatz zu den bisherigen, war dieser viel sauberer, an den Wänden war weiße Farbe und er war weitläufiger als die bisherigen.

»Um ehrlich zu sein, ich habe keine Ahnung, wo ich hier bin. Wobei ich dort vorne an der Wand den Schriftzug Notausgang gelesen habe.«

Thomas fiel das Geräusch von gerade eben ein.

»Ist Ihnen jemand gefolgt?«

»Kann ich nicht mit Sicherheit sagen.«

Thomas öffnete die Tür einen Spalt und blickte in die Dunkelheit.

»Haben Sie eine Waffe?«, fragte Thomas.

»Nein. Ich habe nicht damit gerechnet ...«

»Dann lauf!«, rief Thomas, als der Schein einer Taschenlampe im Gang erschien.

Er warf die Tür zu, zog das Regal neben der Tür zu sich und ließ es vor die Tür kippen.

Michael Steinberger sah ihm kurz zu und drehte sich dann um.

»Folgen Sie mir!«, rief er und rannte in den Raum.

Thomas folgte ihm, während er hinter sich hörte, wie jemand versuchte, die Tür aufzustoßen.

»Hier, sehen Sie.« Steinberger deutete auf die weißgestrichene Wand neben ihm, auf der in Blockbuchstaben »NOT US A G« stand. Jemand hatte etwas daneben geschrieben, was über die Jahre aber nicht mehr lesbar war. Neben dem Schriftzug befand sich eine Nische, an der bei näherer Betrachtung Sprossen in der Wand eingelassen waren.

»Rauf mit Ihnen«, befahl Steinberger.

Thomas sprang hoch und erklomm die Sprossen bis unter die Decke. Neben ihm war ein Loch in der Mauer, in das er gerade noch hineinpasste. Der Durchgang war als Ausgang konzipiert, die Wände sorgfältig bearbeitet, während der Staub der letzten Jahrzehnte zentimeterhoch vor ihm lag. Er kletterte hinein, und robbte auf allen Vieren weiter, bis nach einigen Metern der Raum schlagartig höher wurde. Thomas musste niesen, seine Augen brannten, da der Staub in seine Nase und Augen kroch. Mit dem Licht seines Handys leuchtete er den Schacht aus und fand weitere Einkerbungen, die die Wand hinaufführten, wobei er an der Decke ein schwaches Licht erkennen konnte.

»Ein Ausgang, endlich!«

Inzwischen war auch Steinberger hinter ihm aufgetaucht. Von unterhalb hörten sie ein lautes Krachen, als die Tür zu dem Raum aufgestoßen wurde.

Thomas kletterte die Sprossen hinauf, bis er an der letzten Sprosse über sich einen metallenen Deckel spürte.

»Rechteckig, ungefähr einen Meter breit«, ertastete Thomas, »Und fest eingelassen im Mauerwerk.«

Er drückte dagegen, schlug gegen den Deckel. Staub rieselte herab und nahm ihm kurzzeitig die Sicht, auch das Atmen fiel ihm schwer. Neben ihm kam Steinberger hoch, der sich mit dem Rücken gegen die Wand drückte, um eine Hand frei zu haben.

»Wir müssen hier raus, zurückgehen ist keine Option«, sagte er ernst und drückte mit aller Kraft gegen den Deckel, der sich minimal bewegte.

»Danke für die Info, dann strengen Sie sich mal an«, meinte Thomas und stemmte sich mit beiden Armen gegen das mit jahrzehntealtem Staub verstopfte Gitter über ihm.

18:45 Uhr

Zu viert saßen sie an dem filigranen Tisch vor dem gut besuchten Lokal. Das angenehme Herbstwetter trieb viele Wiener und Touristen zu den Schanigärten der Heurigen. Im ersten Bezirk war der Wein nicht viel besser, als bei den bekannten Heurigen in den Außenbezirken, dafür war der Preis um einiges höher.

Die zwei Schwestern hatten beschlossen, nach dem viel zu zeitigen Abendessen, den Abend mit ihren Ehemännern in der Stadt zu verbringen.

»Ich bitte euch, fangt nicht schon wieder von eurer Kollektion an«, bat der Ehemann der dunkelhaarigen Schwester, als er erkannte, in welche Richtung ihr Gespräch verlief. Seit Tagen schon musste er sich anhören, wie großartig die neue Modelinie den beiden Damen gelungen war.

»Aber es ist so, Ferdinand. Wir sind bereits in intensiven Gesprächen mit internationalen Modehäusern. Für Charlotte und mich wäre das die Krönung unserer Karrieren. Der Höhepunkt, nach dem wir uns zur Ruhe setzen können.«

»Ruhestand mit 50 und 53? Wer träumt da nicht davon«, sagte Charlottes Ehemann, selbst um zehn Jahre älter.

»Wenn es soweit kommt, dass unsere Vorschläge und Entwürfe übernommen werden, haben wir zwei, drei Jahre, in denen wir weltweit präsent sein werden. Stellt euch das nur einmal vor: Das kleine Modehaus aus Wien, bekannt in Paris, Mailand, New York und noch viel...«

Plötzlich rumpelte es neben ihnen. Sie unterbrachen ihre Gespräche und blickten überrascht auf das unscheinbare Gitter neben ihrem Tisch, welches ihnen bislang nicht aufgefallen war.

»Es bewegt sich.«

Das Gitter wackelte, ein dumpfer Schlag schien von der anderen Seite zu kommen. Nach einigen Sekunden Stille kam das Geräusch erneut, der Deckel wurde einige Millimeter hochgedrückt. Die zwei Paare standen auf.

»Ferdinand? Was ist das?«, fragte seine Ehefrau leicht panisch.

»Woher soll ich das wissen? Winkt einem Kellner, der soll sich darum kümmern.«

»Was ist das ... ich meine, warum bewegt sich...?«

Ein Krachen ließ sie zusammenzucken, im nächsten Moment wurde der Deckel polternd zur Seite geschoben. Die Damen schrien auf und suchten Schutz hinter ihren Begleitern.

Direkt vor den zwei Paaren stieg ein Mann in kurzen Haaren, Lederjacke und Jeans aus dem rechteckigen Loch ins Freie.

Thomas stemmte sich aus dem engen Loch hoch und musste blinzeln, um sich an das Licht zu gewöhnen. Danach putzte er den Staub von seiner Jacke und griff nach der auftauchenden Hand von Steinberger, um ihn hinaufzuziehen. Erst als sie beide im Freien standen, sah sich Thomas um.

Neben ihnen standen zwei Paare, völlig entsetzt mit aufgerissenen Augen und Mündern. Thomas richtete sich seine Lederjacke und nahm das halbvolle Weinglas vom nahestehenden Tisch. Unter den Augen von einem Dutzend Gästen, die sie nur anstarrten, nahm er einen großen Schluck. Der Innenminister nahm ihm das Glas ab, überlegte kurz, stellte es dann aber auf den Tisch zurück.

»Meine Damen und Herren«, sagte Michael Steinberger höflich in die Runde, »Als Innenminister der Republik Österreich wünsche ich Ihnen einen schönen Abend und einen angenehmen Aufenthalt in Wien. Wenn sie mehr über die Geschichte der Stadt erfahren möchten, es gibt interessante Touren, die neben den üblichen Sehenswürdigkeiten auch den Untergrund Wiens umfassen.«

Aus einer Nebengasse bog ein Wagen mit quietschenden Reifen um die Ecke. Es war ein Einsatzfahrzeug der Polizei, hinter dem Steuer war Werner zu sehen.

Kaum stand der Wagen, öffnete sich die Beifahrertür und ein junger drahtiger Mann stieg aus.

»Mann eh, was machst du denn für Sachen, TJ? Weißt du, wie verrückt es ist, jemanden zu folgen, der ständig unter einem aufblinkt.«

Steinberger blickte verwirrt zu Thomas.

»Ich nehme an, Sie kennen den Mann?«

Thomas nickte und marschierte auf das Fahrzeug zu. »Habe ich auch einen Peilsender von dir eingesteckt?«, fragte er Werner, der hinter dem Lenkrad nur milde lächelte.

»Nein, aber ich habe mich an deinen Freund hier erinnert. Er hat dein Handy geortet und verfolgt.«

Dieter kam ihnen entgegen und reichte Steinberger die Hand.

»Dieter Brehme. Ich bin der Quotenausländer in der Abteilung.«

Als er im Gesicht des Innenministers sah, das dieser keinen Spaß verstand, fügte er hinzu: »EDV-Techniker der Polizei, zuständig für alles, was mit Computer, Handy und sonstigen technischen Spielereien zu tun hat.«

»Wir müssen umgehend zum Bundeskanzler. Fahren Sie los, ich werde ihn unterwegs informieren«, befahl Steinberger und marschierte auf den Wagen zu.

»Der schafft aber schon ordentlich an«, stellte Dieter ironisch fest und folgte ihnen zum Wagen.

Werner übernahm das Steuer, während der Innenminister sich mit seinem Parteivorsitzenden, Bundeskanzler Kurt Schaller, verbinden ließ. Thomas und Dieter hatten auf der Rückbank Platz genommen.

»Das mit Denise tut mir leid, TJ«, sagte Dieter leise.

Thomas sah mit versteinerter Miene aus dem Fenster.

»Sie schulden mir noch eine Erklärung. Was genau war in diesen beiden Schließfächern?«, fragte er in Richtung des Innenministers.

»Das kann ich Ihnen nicht sagen.«

»Doch! Ich habe weder Zeit noch die Nerven für solche Spielchen«, knurrte Thomas.

»Ich kann es nicht sagen, weil ich es nicht weiß. Aber aus diesem Grund fahren wir auch zu der Person, die es weiß und uns weiterhelfen kann.«

»Wir sind schon ein komischer Haufen«, meinte Dieter plötzlich.

»Wie bitte?«, fragte Steinberger streng.

»Na, schauen Sie uns doch an. Ein Bezirksinspektor, ein Polizeipsychologe, der Technik-Nerd und der Innenminister. Klingt wie der Beginn eines Witzes.«

»Ich bin nicht zu Scherzen aufgelegt«, meinte Thomas.

»Entschuldigung, ich wollte nur die Situation etwas auflockern.«

»Die Frauenquote erfüllen wir jedenfalls nicht«, meldete sich Werner zu Wort.

»Ich möchte darauf hinweisen, dass wir in ernsten Schwierigkeiten...«, mahnte der Innenminister, wurde aber von Thomas unterbrochen.

»Stecken, schon klar, so gscheit bin ich auch. Deshalb werden wir auf direktem Weg zum Bundeskanzleramt fahren und dort besprechen, wie es weitergehen wird. Und ich möchte niemandem ...«, er blickte zum Innenminister, »raten, noch einmal was von Geheimhaltung zu erwähnen.«

»Was werden wir beim Bundeskanzler machen?«, fragte Dieter, der bislang nur wenig erfahren hatte.

»Planänderung. Wir haben einen Termin beim Bundespräsidenten«, fluchte Michael Steinberger leise auf und steckte sein Handy ein.

»Wann?«, fragte Thomas.

»Jetzt?«

»Und warum?« Thomas ahnte Schlimmes.

»Wegen einer Erpressung gegen den Staat.«

Sie fuhren zurück zur Ringstraße und weiter zum Heldenplatz. Werner kümmerte sich nicht um einen Parkplatz, er bremste vor dem Eingang der Präsidentschaftskanzlei ab, wo sie der diensthabende Polizist verwundert ansah.

»Wir müssen zum Präsidenten«, erklärte Werner beim Aussteigen.

»Schön für euch. Ihr könnt nicht einfach herkommen und ...«, wollte der Polizist klarstellen, als er den Innenminister aussteigen sah und verstummte.

»Pudel di ned auf, Eierbär! Wir haben es eilig«, sagte Thomas, während er ebenfalls aus dem Wagen stieg.

»Wir werden erwartet. Vor einigen Minuten sollte der Bundeskanzler vorbeigekommen sein. Hat er Sie nicht informiert?«, meinte Steinberger und kam weiteren Kraftausdrücken von Thomas zuvor.

»Doch, Herr Minister. Aber er hat nur von Ihnen gesprochen«, antwortete der Polizist sichtlich verwirrt.

»Die gehören zu mir«, antwortete Steinberger und ging an ihm vorbei.

»Geben Sie ihm die Autoschlüssel, Herr... Werner. Der Wagen kann nicht einfach so hier stehen bleiben«, ordnete er im Vorbeigehen an.

Zielstrebig marschierte Michael Steinberger die Treppen in den oberen Stock hinauf, er wusste, durch welche Türen sie gehen mussten. Ohne anzuklopfen öffnete er eine breite, weiße Holztür mit goldenen Verzierungen und trat ein.

In dem großräumigen Büro warteten bereits Bundeskanzler Kurt Schaller und Bundespräsident Ludwig Kallinger.

Der 60-jährige Bundespräsident war bekannt dafür, dass er kein Parteifreund der Regierung war. Er stand hinter seinem massiven dunkelbraunen Schreibtisch und blickte auf die Neuankömmlinge.

»Das sind mehr Personen, als erwartet«, meinte er überrascht.

Die grauen Haare des Präsidenten waren nicht, wie bei jedem seiner Auftritte, sorgfältig gekämmt, sondern wirkten zerzaust. Das breite Gesicht zeigte viele Falten, wobei sein kurzgeschorener Vollbart einige kaschierte. Normalerweise trug er eine Brille, die nun vor ihm auf dem Tisch lag. Sein brauner Anzug war berühmt geworden, da er immer mit diesem aufgetreten war und es Überlegungen gab, ob es sich um seinen einzigen Anzug handelte. Er musste sich in mehreren Interviews die Frage stellen lassen, wie viele dieser Anzüge er besaß. Thomas glaubte, sich erinnern zu können, dass es fünf oder sechs Stück waren.

Bundeskanzler Schaller stand auf der anderen Seite des Tisches und blickte erstaunt auf die zusätzlichen Personen, die mit dem Innenminister erschienen. Der korpulente Mann hatte nicht sein typisches breites Politikergrinsen aufgesetzt, vielmehr blickte er besorgt und nervös. Auf seiner Stirn und seinem Kopf, der nur noch wenige Haare an den Seiten aufzuweisen hatte, waren deutlich Schweißperlen zu sehen. Die Hände hatte er ineinander verschränkt, als würde er inmitten eines Gebets sein.

Den Raum selbst erkannte Thomas nicht. Er war nicht so pompös ausgestattet, wie die aus dem Fernsehen bekannten Räumlichkeiten. Die Wände wiesen weniger Verzierungen auf, in den hängenden Regalen stapelten sich Bücher und unterschiedlich große Mappen. Auch auf dem Schreibtisch lagen verschiedene

Dokumentenmappen und Papiere, weitaus unordentlicher, als bei seinen Auftritten.

Es roch nach Zigarrenrauch, obwohl immer wieder behauptet wurde, dass der Bundespräsident nicht in den Innenräumen rauchen würde.

»Michael, schön dass du da bist. Wen hast du mitgebracht?«, fragte Bundeskanzler Schaller, wenig erfreut über die mitgebrachten Personen.

Die beiden Männer schüttelten sich die Hand und nach einem höflichen Nicken in Richtung des Bundespräsidenten stellte Steinberger die anderen vor.

»Thomas Kratochwil, Bezirksinspektor und Koordinator der Ereignisse in der RvP-Bank. Werner Ritter, Polizeipsychologe, er hat mit dem vermeintlichen Geiselnehmer gesprochen. Und ...« er sah zu Dieter und musste überlegen.

»Dieter Brehm, Polizeiinnendienst, polizeiliche IT-Anwendungen und Informationssysteme beziehungsweise Beschaffung«, stellte er sich selbst vor.

»Inwieweit sind alle Anwesenden informiert?«, fragte Kurt Schaller nach.

Thomas wusste, worauf er hinaus wollte.

»Wir wissen genug, um den Schmäh mit der Geheimhaltung für heute außer Acht lassen zu können. Wenn Sie ein Problem damit haben, können wir gleich wieder verschwinden, denn dann hat eine Unterhaltung keinen Sinn.«

Der Bundeskanzler schluckte, während dem Bundespräsident ein Grinsen über das Gesicht huschte.

»Dann schließen Sie bitte die Tür und bringen Sie uns auf den neuesten Stand«, meinte Bundespräsident Kallinger und machte mit der Hand eine einladende Geste.

»Darf ich zuerst erfahren, warum wir uns hier treffen?«, fragte Thomas, während er die Tür schloss.

»Ich habe einen Anruf erhalten«, erklärte ihm der Bundespräsident, »dass sich der Bundeskanzler bis 20 Uhr einzufinden hat. Die Frau am Telefon möchte über die gestohlenen Unterlagen aus der PvR-Bank verhandeln.

Könnte mir jemand zuerst die genauen Hintergründe erklären?«

Thomas gab den Anwesenden eine kurze Zusammenfassung der Ereignisse vor der Bank. Dabei ließ er nicht aus, zu erwähnen, wie er von seiner ehemaligen Kollegin hintergangen worden war. Auf seine Aufforderung, genaueres über die Bank erfahren zu wollen, begann der Bundeskanzler zu sprechen.

»Die Hauptaufgabe dieser Bank ist die Verwaltung der Konten verschiedenster Regierungsmitglieder und anderer Staatsbediensteter. Des Weiteren gibt es Konten, die für inoffizielle Zahlungen benutzt werden«, erklärte Kurt Schaller, wobei ihm anzumerken war, wie unangenehm es ihm war, diese Dinge beim Namen zu nennen.

»Aufgrund der langen Regierungsmitarbeit meiner Partei und der damit verbundenen Besetzung einiger Schlüsselministerien wie dem Innenressort haben sich einige Unterlagen und Berichte angesammelt, die nicht für die Öffentlichkeit bestimmt sind.«

»Genauer bitte«, forderte Ludwig Kallinger.

»Nicht alle dieser Berichte und Informationen wurden über öffentliche Kanäle gesammelt.«

Er machte eine Pause und sah zu Thomas und Werner. Der Bezirksinspektor deutete ihm mit der Hand, fortzufahren.

»Es ist möglich, dass es solche Informationen und Unter-lagen über Parteikollegen anderer Fraktionen gibt.«

»Also kurz gesagt wurden Parteien und diverse Leute aus anderen Ländern ausspioniert«, warf Thomas ein und erntete bissige Blicke von Steinberger und dem Bundeskanzler. Werner und Dieter hielten sich weiterhin im Hintergrund.

»Im Rahmen von mehreren geheimdienstlichen Unternehmungen sind diverse Berichte geschrieben worden, die streng vertraulich behandelt werden müssen. Es kann ... ist auch vorgekommen, dass uns Unterlagen zugespielt wurden, die für andere Parteien in Österreich äußerst diskreditierend sind. Auch diese müssen sicher verwahrt werden.«

»Sicher verwahrt, oder gegebenenfalls benutzt werden«, sagte Thomas bissig.

»Wir werden jetzt keine Grundsatzdiskussion über Politik an sich führen«, sagte Steinberger streng zu Thomas.

Dieser hob abwehrend die Hände und setzte sich auf einen Stuhl, der einige Schritte hinter ihm neben dem Fenster stand. Von dort konnte er auf den Heldenplatz blicken, über den das Abendrot strahlte.

»Wie gefährlich und brisant sind diese Daten, vor allem die entwendeten?«, wollte der Bundespräsident wissen.

»Soweit ich bislang in Erfahrung bringen konnte«, begann der Bundeskanzler mit Blick auf Steinberger, »handelt es sich bei dem Inhalt der beiden Schließfächer um Kontodaten zu inoffiziellen Konten und einige

Berichte, die sowohl innenpolitisch, aber auch außenpolitisch relevant sind.«

»Wissen wir eigentlich schon, mit wem wir es zu tun haben, abgesehen von der korrupten Polizistin?«, fragte Ludwig Kallinger.

»Also, da könnte ich ...«, begann Dieter, wurde aber vom Innenminister unterbrochen, der nicht auf ihn achtete.

»Die Nachforschungen laufen, Herr Präsident. Leider hat uns Frau Graf zu lange täuschen können. Die Vernehmung des auf der Flucht angeschossenen Mittäters sollte uns Aufschluss geben.«

»Das will ich hoffen«, meinte Bundeskanzler Schaller, »immerhin handelt es sich hier um Staatsgeheimnisse, die in falschen Händen ...«

»Entschuldigung, aber wenn die Herren...«, versuchte Dieter sein Glück erneut.

»Jetzt nicht, wir haben hier Wichtiges zu bereden, wie Sie vielleicht schon gemerkt haben«, tadelte ihn der Bundeskanzler oberlehrerhaft.

»Ihr wollt wissen, wer hinter dem Ganzen steckt, nicht ich«, gab ihm Dieter patzig als Antwort.

Für einen Moment herrschte Ruhe, alle Augen richteten sich auf den jungen Mann.

»Ah, jetzt sind plötzlich alle neugierig, was der Piefke zu sagen hat«, meinte Dieter beleidigt.

»Haben Sie etwas Konstruktives beizutragen, dann bitte«, forderte Steinberger ihn auf.

»Wenn Sie lieb Bitte sagen...«

»Dieter!«, ermahnte Thomas den frechen Kollegen.

»Ja schon gut. Mann, ihr habt ne miese Stimmung. Dabei ist es ganz easy gewesen, also jedenfalls mit etwas Kenntnis der Technik und dem Zugang zu ...«

»Ich würde empfehlen«, mischte sich nun auch Werner ein, »du erzählst uns deine Erkenntnisse in Kurzform. Hier sind alle etwas angespannt.«

Dieter nickte.

»Kurzform also. Lukas Schröder, 42, wohnhaft in Klosterneuburg, unverheiratet. Letzter bekannter Arbeitgeber das Bundesministerium für Inneres, Bereich Datensicherung und ...«

»Mein Ministerium?«, staunte Steinberger ungläubig. Dieter nickte ihm zu.

»Er hat vor ungefähr einem Jahr gekündigt. Da es kein Empfehlungsschreiben gibt, nehme ich an, dass er nicht ganz freiwillig gegangen ist.«

Er drehte sein Smartphone den anderen zu und zeigte ein Porträtbild des Mannes. Selbst aus der Entfernung konnte Thomas erkennen, dass diese Person Mustafa Taremi ähnlichsah. Außerdem war er sich sicher, diesen Mann bei der Verfolgungsjagd gesehen zu haben.

»Ich erinnere mich«, meinte Michael Steinberger, dessen Miene sich verdunkelte.

»Schlechte Erinnerungen?«, fragte Werner.

»Lukas Schröder wurde nahegelegt, umgehend zu kündigen. Es gab mehrere Vorfälle, von unerlaubten Abfragen im Computersystem bis zur Weitergabe von sensiblen Daten. Ich selbst habe ihm damals bei der Entscheidung geholfen.«

»Geholfen?«, fragte Ludwig Kallinger nach.

»Ich habe ihn darauf hingewiesen, dass es besser wäre, wenn sich unsere Wege trennen und er alles vergisst, was er eventuell gelesen hat.«

»Und darauf haben Sie vertraut?«, meldete sich Thomas aus dem Hintergrund. Er war in sein Handy vertieft, tippte und wischte darauf herum.

»Wäre er an die Öffentlichkeit gegangen, hätten wir dementsprechende Konsequenzen ziehen müssen.«

Michael Steinberger wandte sich Dieter zu.

»Wieso sprechen wir über diese Person? Wie kommen Sie auf die Vermutung, dass er etwas damit zu tun hat?«

Bevor Dieter antworten konnte, meldete sich Thomas erneut.

»Denise hat nie mit ihrer Schwester telefoniert. Diese Gespräche galten alle dem Mann in der Bank. Und der war sich seiner Sache so sicher, dass er sogar sein angemeldetes Handy verwendete.«

»Richtig, TJ. Das hast du perfekt kombiniert!«, gratulierte ihm Dieter.

»Wenn Sie es nur schon früher herausgefunden hätten«, meinte Steinberger.

Thomas wollte etwas erwidern, doch das Läuten des Telefons auf dem Tisch des Bundespräsidenten ließ alle zusammenzucken.

20 Uhr

Alle Anwesenden versammelten sich an dem Tisch, ausgenommen Thomas, der weiterhin sitzen blieb.

»Erwähnt nicht, dass ich hier bin. Sie soll ruhig glauben, dass sie mich losgeworden ist«, meinte er und lehnte sich zurück.

Nach dem vierten Läuten drückte Ludwig Kallinger einen Knopf und schaltete damit den Lautsprecher des Telefons ein.

»Na endlich. Guten Abend, Herr Bundespräsident. Ist Bundeskanzler Schaller nun auch anwesend?«

»Ja, bin ich«, meldete sich der Kanzler.

»Gut, denn ich wiederhole mich nicht gerne«, stellte Denise klar.

Nach einer kurzen Pause fuhr sie fort.

»Ich werde es kurz machen. Wie Sie sicherlich bereits wissen, haben wir einige Unterlagen aus Ihrer, ach so geheimen, Bank mitgenommen. Natürlich möchten Sie diese wiederhaben und verhindern, dass sie veröffentlicht werden. Deshalb werde ich sie Ihnen zurückgeben, gegen eine Summe von 125 Millionen Euro. Der Betrag wird mir auf digitalem Weg überwiesen, danach erhalten sie alles wieder.«

»125 Millionen! Woher sollen wir diese Summe auftreiben?«, fragte Kallinger.

»Das ist ganz einfach, Herr Bundespräsident. Reden Sie doch mit Herrn Schaller, dem wird die Summe bekannt sein. Genau genommen 125 Millionen, 100 Tausend und 15 Euro. Das ist der Betrag auf dem Konto mit dem Decknamen Black Horse.«

Der Bundespräsident blickte zu Kurt Schaller, der den Blick zu Boden senkte und zustimmend nickte.

»Es wird einfacher für Sie sein, das vollständige Konto auf mich zu übertragen.«

»Wie bekommen wir die Unterlagen zurück?«, fragte Schaller.

»Geld gegen Unterlagen. Von mir aus sogar persönlich, da ich davon ausgehe, dass Sie lieber ein Konto verlieren, als diese Informationen.«

»Was hat es mit diesem Konto, Black Horse, auf sich«, fragte der Bundespräsident nach, wobei er Schaller ansah. Dieser wich seinem Blick aus.

»Das wird Ihnen der Bundeskanzler sicherlich gerne erklären. Um alles Notwendige in die Wege zu leiten, benötigen Sie ein bis zwei Stunden. Keine Sorge, ich gebe Ihnen die ganze Nacht lang Zeit. Morgen um 9 Uhr rufe ich wieder an und dann werden wir ausmachen, wo die Übergabe stattfindet.«

»Sie stellen sich das alles sehr leicht vor, Frau Graf.«

»Ja und es wird auch so leicht gehen, für uns beide. Es tut nur kurz weh und niemand wird etwas erfahren. Morgen Mittag ist alles vorüber und wir gehen alle unseren Weg. Ich wünsche Ihnen einen ruhigen Abend, bis morgen.«

Die Leitung war tot, im Raum herrschte Totenstille. Thomas blickte weiterhin auf sein Handy, aber sein Gesicht verriet seine aufkeimende Wut. Werner und Dieter traten einen Schritt vom Tisch des Präsidenten zurück.

»Wie ernst ist die Lage?«, fand Ludwig Kallinger als Erster seine Stimme wieder.

»Sehr ernst«, sagte Bundeskanzler Schaller.

»Was hat es mit diesem Konto auf sich?«

Kurt Schaller kaute nervös auf seiner Unterlippe, auch Michael Steinberger wirkte ertappt.

Der Bundespräsident richtete sich auf und wurde lauter.

»Ich habe eine Frage gestellt«, erinnerte er die beiden Politiker.

»Das Konto, nun es ist eines... also«, stotterte der Bundeskanzler.

Resignierend übernahm der Innenminister das Reden.

»Es gibt Zahlungen, welche nicht publik werden sollen.«

»Das ist mir schon klar! Ich will wissen, woher kommt das Geld und was passiert, wenn es öffentlich bekannt wird?«

»Geschäfte, die man auch als illegal bezeichnen kann«, meldete sich Thomas, ohne aufzusehen.

»Ja, verdammt. Kratochwil hat Recht«, bestätigte Steinberger grimmig, was Thomas nur vermutet hatte.

»Welche Optionen haben wir?«

Ohne den Blick von seinem Handy zu heben, meldete sich Thomas erneut.

»Zuerst sollte geklärt werden, ob diese gestohlenen Unterlagen den Betrag wert sind. Wie schlimm kann es schon sein, wenn diese Informationen veröffentlicht werden?«, fragte er beiläufig.

Steinberger drehte sich zu ihm um.

»Wie schlimm wird es für Sie sein, wenn Sie heimgehen und mit Ihrer Frau über Ihre Affäre sprechen?«

Thomas blickte mit wütendem Blick auf.

Der Bundeskanzler mischte sich ein.

»Wir sprechen hier von höchst sensiblen Unterlagen, diversen Übereinkommen mit Firmen, die in der Öffentlichkeit für Aufregung sorgen würden.«

»Und private Spionage bei anderen Parteien«, meldete sich Werner. Die Reaktion des Innenministers zeigte, dass er mit seiner Andeutung Recht hatte.

Bevor er sich äußerte, sprach Werner beschwichtigend weiter.

»Wir alle wollen diese Sache rasch beenden. Dazu ist völlige Offenheit notwendig. Natürlich ist uns Nicht-Politikern klar, dass alles Gesprochene unter uns bleibt.«

»Wenn das so ist«, sprach nun der Bundespräsident mit versteinerter Miene und sehr gereizt, »von welchen Informationen über Parteikollegen sprechen wir?«

Bundeskanzler und Innenminister sahen sich an, ihr Blick glich Kindern, die bei etwas Verbotenem erwischt worden waren.

»Ich höre!«, forderte der Bundespräsident energisch.

15 Minuten später kannte Thomas einige Geheimnisse aktiver Politiker, die deren Karrieren umgehend beenden würden. Werner, Dieter und er waren an den Enthüllungen wenig interessiert, der Bundespräsident hingegen schäumte vor Wut.

»Wenn Sie so akribisch bei der Regierungsarbeit wären, wie...«, schnaubend holte der Bundespräsident Luft, »wie beim Zusammentragen von diesen Informationen ...«, schrie er den Bundeskanzler an, der weiterhin mit gesenktem Kopf zu Boden blickte.

»Ich bin gerade am Überlegen, dieser Erpresserin zu sagen, sie soll die Unterlagen ruhig an alle Medien schicken.«

»Darf ich darauf hinweisen«, mischte sich Michael Steinberger ein, »dass Sie damit den Sturz der Regierung mitverantworten würden.«

»Ja, und?«

»Es ist nicht ganz so einfach, Herr Bundespräsident«, sagte der Bundeskanzler leise und betreten.

»Warum?«, wollte Bundespräsident Kallinger wissen.

Kurt Schaller druckste kurz herum, bevor er mit Details herausrückte.

»Ich kann bestätigen, dass unter den gestohlenen Unterlagen auch prekäre Informationen über mindestens zwei Staatsmänner aus Nachbarländern vorhanden sind.

Außerdem befindet sich die vollständige Akte zur Operation Silent Kill unter den Dateien. Sie können sich vorstellen, was passiert, wenn der Bundesnachrichtendienst erfährt ...«

»Ich kenne die Operation«, unterbrach der Präsident den Kanzler.

Thomas erhob sich.

»Müssen wir wissen, worum es bei dieser Operation ging?«

»Nein«, stellte Steinberger klar, »Nur soviel, wenn Deutschland und Italien die Details erfahren würden, käme es zu einer ernsthaften Krise zwischen den Ländern.«

»Dann sehen wir uns morgen kurz nach 8 wieder hier.«

Thomas richtete seine Jacke. Alle Anwesenden blickten überrascht zu ihm.

»Wollen Sie jetzt einfach gehen?«, wunderte sich Steinberger.

»Ja.«

Dieter wollte etwas sagen, doch Thomas hob die Hand, um ihn zu stoppen.

»Das ist nicht mehr meine Angelegenheit. Ich wollte nie in diese ganzen politischen Intrigen hineingezogen werden, und diese Einstellung habe ich immer noch.«

»Aber es war Ihre Kollegin«, warf Michael Steinberger ein.

»Ich weiß. Und ich habe keine Ahnung, warum sie mir mit dem Auffliegen unseres Pantscherls zusätzlich schaden will. Aber jetzt muss ich heim und mit meiner Frau sprechen. Ich stehe Ihnen gerne morgen ab 8 Uhr zur Verfügung.«

Er sah zu Dieter und Werner.

»Kommt ihr mit?«

»Sollten wir nicht darüber reden, wie wir nun vorgehen? Frau Graf ist mit ihrer Erpressung quasi zum Staatsfeind geworden«, meinte der Bundeskanzler.

»Sie kümmern sich um dieses Konto. Wenn mir etwas einfällt, lasse ich Sie es wissen.«

21:10 Uhr

Werner brachte Thomas nach Hause, bevor er und Dieter entschieden, noch etwas trinken zu gehen. Zuvor hatten sie noch ausgemacht, sich in der Früh zusammen vor der Präsidentschaftskanzlei zu treffen.

»Den Dienstwagen kann ich später auch noch abgeben«, meinte er.

Als Thomas die Wohnung betrat, sah er sofort, dass im Wohnzimmer kein Licht brannte, dafür aber in der Küche. Somit nahm er an, dass seine Tochter sich in ihrem Zimmer befand und seine Frau Kerstin in der Küche auf ihn wartete.

Genau dort traf er sie auch an. Sie saß alleine beim Küchentisch, vor sich die Bilder, die ihn hatten auffliegen lassen, und eine halbvolle Weinflasche.

Wortlos setzte er sich ihr gegenüber und riskierte einen Blick auf die Fotos. Zwei stammten aus einem Hotelzimmer, die anderen aus der Wohnung von Denise. Es waren sorgfältig ausgesuchte Aufnahmen, die ihn und Denise bei genau den Spielen zeigten, die seine Frau nicht bereit war, mit ihm zu machen. Er erinnerte sich an einige Unterhaltungen mit ihr, bei denen sie ihre Abneigung sehr deutlich gemacht hatte.

»Es tut mir leid«, mehr fiel ihm dazu nicht ein. Kerstin schob ihm die Bilder hinüber, doch Thomas wollte sie nicht sehen. Er hatte nicht vor, ihr vorzumachen, dass die Bilder Fakes waren.

»Ich weiß nicht, wie ich es dir erklären soll ...«

»Was willst du mir erklären? Es ist doch deutlich zu sehen, welche Vorzüge diese Frau hat«, sagte sie mit brüchiger Stimme.

Sie schloss die verheulten Augen.

»Du bist ein perverses Schwein!«

»Auch wenn es dir egal sein wird, sie hat mich von Anfang an nur benutzt.«

»Ja, das ist mir egal. Sie wird dich wohl kaum zu all dem gezwungen haben, oder?«

»Nein. Sie hat ... Du weißt selbst, dass es schon länger nicht passt bei uns. Aber ich will weder dich noch Anastasia verlieren.«

»Das fällt dir jetzt ein?«, fauchte sie ihn an.

Thomas stöhnte auf, stand auf und lehnte sich gegen die Küchenzeile. Dabei fiel sein Blick auf ein geöffnetes Paket.

Den Absender kannte er inzwischen.

»Schon wieder ein neues Messer?«

Sie stutzte kurz wegen seines Themenwechseln.

»Ja, ein Tanto-Taschenmesser. Aber das interessiert dich sowieso nicht.«

Womit sie Recht hatte. Thomas konnte ihre Faszination für Messer jeglicher Art nicht nachvollziehen. Außerdem war ihm nicht wohl dabei, dass die teilweise sehr scharfen Messer bei ihnen frei zugänglich waren. Ihr Argument, dass er seine Dienstwaffe auch bei sich trug, ließ er nicht gelten, da diese immer gesichert im Tresor aufbewahrt wurde.

Da er mit dem Begriff nichts anfangen konnte, holte er das Messer aus dem Paket. Der Griff des Klappmessers war geriffelt und mit einem Gürtelclip versehen. Es ließ sich mit einer Fingerbewegung öffnen, so konnte Thomas auch den Unterschied sehen.

»Die Besonderheit an diesen Messern ist die Klingenspitze, die keine Rundung aufweist, sondern im Winkel zur Klinge steht.«

»Anastasia darf das nicht in die Hand bekommen«, meinte er, als er feststellte, dass die schwarze Klinge des handlichen Messers sehr scharf geschliffen war.

»Danke, ich weiß schon, dass ich auf meine Sachen aufpassen muss«, keifte sie.

»Oida«, stöhnte Thomas auf, »Kann ich eigentlich irgendwie normal mit dir reden?«

»Normal?«, flog sie ihn an, »Du sprichst von normal, nachdem, was ich auf den Bildern gesehen habe? Pervers ist gar kein Ausdruck.«

Thomas musste einsehen, dass er keine Chance hatte, sich zu rechtfertigen. Er sah aus dem Fenster hinaus, wo die Schnellbahn vorbeifuhr. Angesichts des gekippten Fensters war das Rumpeln der Räder zu hören, was ihm normalerweise nicht mehr auffiel. Jetzt erinnerte ihn das Geräusch aber an das Telefonat vorhin.

»Ich glaube, es ist besser, ich gehe und wir reden, wenn du dich beruhigt hast.«

»Glaubst du, ich beruhige mich und alles ist vergeben und vergessen?«

»Nein!«, wurde nun auch Thomas lauter, »Ich weiß, dass es meine Schuld ist und ich Scheiße gebaut habe. Es kann dir egal sein, dass dieses Weib mich verarscht hat. Mit diesen Bildern wollte sie genau das hier erreichen.«

»Was?«

»Denise ist davon ausgegangen, dass ich mich sofort auf den Heimweg mache, wenn du die Bilder bekommst. Weil sie weiß, was du und Anastasia mir bedeuten. Auch wenn ich einen Fehler gemacht habe, sie will damit nur erreichen...«

Thomas stutzte. Sein Blick war immer noch ins Freie gerichtet, das Messer wanderte in der Hand über seine Finger. Als er nach zehn Sekunden immer noch schwieg, stieß ihn Kerstin an.

»Was ist?«

»Dieses Miststück hat alles von Anfang an geplant. Und alles ist genauso passiert, wie sie und dieser Lukas Schröder ... Sie weiß genug über mich und unsere Beziehung, um selbst das hier ...«

»Dann hast du mit dieser Bitch auch noch über uns geredet? Hast du dich schön über mich ausgelassen? Wie prüde ich bin und wie langweilig es mit mir ist?«

Thomas hörte seiner Frau nicht zu. Ihm kam ein Gedanke, eine Eingebung, warum Denise ihn ausschalten wollte.

»Hör zu, Kerstin. Ja, es ist voll und ganz mein Fehler, da gibt es nichts zum Schönreden. Wir müssen darüber reden, wir müssen ... wenn du es willst, dann werden wir uns hinsetzen und darüber reden, wie es mit uns weitergehen soll. Ich will euch nicht verlieren.«

»Glaubst du, mit einmal darüber reden, wird alles wieder gut?«

»Nein, garantiert nicht. Ich werde jetzt gehen, ich werde diese Frau festnehmen und dann nehme ich mir Urlaub, damit wir in aller Ruhe über unsere Zukunft entscheiden können.«

Seine Frau schüttelte den Kopf.

»Du willst es dir sehr leicht machen. Aber das spielt es nicht!«

»Ich weiß. Aber um mich darauf zu konzentrieren, muss ich zuerst diesen Fall abschließen, und dazu gehört auch, dass Denise festgenommen wird.«

»Und das unbedingt von dir?«

»Ja, von mir. Weil sie mich die ganze Zeit verarscht hat!« Er griff nach dem Messer.

»Und weil ich glaube, dass ich endlich kapiere, was dieses Weib vorhat.«

Seine Frau hielt ihn nicht auf, als sich Thomas umzog. Sie äußerte sich auch nicht, als er ihr Messer einsteckte, und antwortete nicht, als er sich verabschiedete.

Vor dem Haus stehend, zündete sich Thomas eine Zigarette an und wählte Dieters Privatnummer.

»Hallo TJ! Dir ist es auch aufgefallen, stimmt´s?« Dieter schien seinen Anruf erwartet zu haben.

»Da war ein Geräusch im Hintergrund, während Denise gesprochen hat«, sagte Thomas.

»Es klang nach einer U-Bahn, die in der Nähe vorbei rauschte.«

»Ist euch auch aufgefallen, wie selbstsicher sie geklungen hat?«, sagte Werner, der immer noch bei Dieter war.

»Und dann der Klang ihrer Stimme«, fügte Thomas hinzu.

»Genau, TJ. Es klang, als...«

»Als wäre sie in einem großen, geschlossenen Raum mit besonderer Akustik.«

Thomas nickte.

»Und was bedeutet das?«, fragte Werner.

»Ich muss jemanden besuchen, der uns das beantworten kann. Kommt ihr mit?«

Dieter und Werner bejahten es gleichzeitig.

»Ihr habt noch den Dienstwagen, dann holt mich ab«, forderte er sie auf.

21:45 Uhr

Werner hielt direkt vor Thomas und überließ ihm das Steuer.

»Wohin geht die Reise?«, wollte er wissen.

»Und warum?«, war auch Dieter neugierig.

»14. Bezirk. Genaueres erkläre ich euch später. Wir müssen uns beeilen.«

Er schaltete das Blaulicht ein und gab Gas. Doch schon nach nicht einmal zwei Minuten bremste sich Thomas ein.

»Das ist aber noch nicht der 14. Bezirk?«, wunderte sich Dieter.

»Nein, aber ich habe Hunger. Holst du bitte einen Käsekrainer-Hot Dog?«

Dieter grinste ihn an.

»A Eitrige möchte der Herr?«

Thomas schüttelte den Kopf.

»Vergiss das schnell wieder, wennst dich nicht blamieren willst. Das sagt keiner wirklich beim Standl.«

Dieter stieg aus, als er einige Schritte gegangen war, ließ Thomas das Fenster hinab.

»Aber a 16er-Blech kannst mitnehmen!«, rief er ihm hinterher.

Zu Werner gewandt sagte er: »Ihm gefällt die Wiener Sprache, aber es klingt einfach saudämlich, wenn er mit seinem Hochdeutsch versucht, den Dialekt nachzumachen.«

Dieter kam mit einem Hot Dog und einer Dose Bier zurück.

»Wieso 16er-Blech?«, wollte Dieter wissen.

»Überleg einmal, wo sich die Ottakringer-Brauerei befindet, junger Freund«, antwortete Werner.

181

Dieter überlegte, was Werner damit meinte, während er sich ins Fahrzeug setzte.

»Ah, ich verstehe mein weiser Lehrer«, sagte Dieter, als er den Zusammenhang erkannte, »Also, nachdem wir etwas für die Bildung des deutschen Einwanderers getan haben, wohin geht die Reise?«

Mit vollem Mund konnte Thomas nicht antworten und fuhr los. Die Straßen waren nahezu leer, sie benötigten eine Viertelstunde, bis sie sich in einer Seitengasse der Hadikgasse einparkten.

Er wollte gerade aussteigen, als sein Handy piepte.

»Deine Frau?«, fragte Werner nach.

Thomas nickte Werner zu und öffnete die Nachricht.

»Wie ist euer Gespräch verlaufen?«

»Nicht besonders gut. Heimkommen brauche ich heute nicht mehr. Aber darüber muss ich mir später Gedanken machen. Jetzt konzentrieren wir uns auf Denise, Lukas Schröder und wie wir diese Verbrecher drankriegen.«

Er stieg aus und marschierte los.

Zwischen zwei Straßenlaternen, die den Eingangsbereich mit den Türklingeln ausleuchteten, blieb Thomas stehen.

»Wir sind da.«

Er ging die Namen neben der Tür durch, während Werner und Dieter hinter ihm immer noch rätselten, was er vorhatte.

Es dauerte keine zehn Sekunden, nachdem Thomas läutete, bis ein Summen das Öffnen der Tür verkündete.

»Türnummer 25«, mehr verriet Thomas nicht und betrat den dunklen Gang. Werner und Dieter sahen sich ratlos an und folgten ihm.

Der Lichtschalter war schnell gefunden, dafür kein Aufzug. Als sie den dritten Stock erreichten, pustete Werner die Luft aus.

»Es gibt einen guten Grund, warum ich Psychologe und nicht Beamter im Außeneinsatz bin«, stöhnte er und hielt sich am Stiegengeländer an. Vor ihnen war eine Tafel, die verriet, dass die Wohnungen 21 bis 35 zu ihrer Rechten lagen. Den Gang entlang sahen sie eine offene Tür.

»Werden wir erwartet?«, fragte Dieter.

»Ich habe ihn nicht informiert«, sagte Thomas und ging vor.

Die Tür der Wohnung mit der Nummer 25 war zur Hälfte geöffnet, niemand wartete auf sie. Thomas schob die Tür auf und blickte in einen leeren Vorraum. Neben der Tür hingen verschiedenfarbige Jacken in unterschiedlichen Größen, die vermuten ließen, dass mindestens zwei Personen hier wohnten. Auch die Schuhe vor einem Wandspiegel schienen einem Mann und einer Frau zu gehören.

»Hallo? Herr Jeremy Plaidl?«, rief Thomas in die Wohnung hinein.

Wieder tauschten Dieter und Werner Blicke aus, keinem von beiden sagte der Name etwas. Aus einem Türrahmen vor ihm auf der rechten Seite blickte ein junger Mann heraus.

»Du bist nicht meine Freundin«, stellte er fest.

»Das ist richtig. Ich bin Thomas Kratochwil, Bezirksinspektor.«

Der schlanke Mann trat in den Vorraum und blickte zu der dreiköpfigen Gruppe.

Die braunen Haare des 25-jährigen waren wild durcheinander, ein Nasenring und ein schwarzer Knopf als Ohrring zierten sein Gesicht. Der kurzgeschorene

Bart wirkte gepflegt, vor allem der Schnurrbart, dessen Enden nach oben gedreht waren. Die Jogginghose und das ausgewaschene Shirt dafür eher weniger. Auf dem rechten Arm konnte Thomas mehrere Tätowierungen erkennen. Außerdem sah er, dass der junge Mann vor ihm lackierte Fingernägel hatte.

»Schau nicht so, ich wollte eigentlich ins Bett gehen. Es ist schon spät«, kommentierte Jeremy den skeptischen Blick des Bezirksinspektors.

»Aber scheinbar haben Sie jemanden erwartet.«

»Yup, meine Freundin. Sie ist nur schnell mit dem Mist rausgegangen.«

»Verstehe. Können wir reinkommen, ich hätte ein paar Fragen an Sie?«

»Ich hoffe, wir können beim ‚Du‘ bleiben«, meinte Jeremy und machte eine einladende Geste.

Hinter Werner und Dieter tauchte eine junge Frau auf, die die Gäste verwundert ansah.

»Habe ich etwas versäumt?«, fragte sie.

»Nur ein abendlicher Besuch von der Polizei«, antwortete ihr Freund, immer noch gut gelaunt, obwohl er noch keine Ahnung hatte, warum plötzlich drei Männer, die angeblich von der Polizei waren, in seiner Wohnung standen.

Die Freundin ging kopfschüttelnd an den Männern vorbei.

»Wenn es um deinen letzten Ausflug geht, ich habe dir ja gesagt, du sollst nicht alleine auf das Wort von einer Person vertrauen, um in einem fremden Haus in den Keller ...«

Thomas hob die Hand.

»Ich bin aus einem ganz anderen Grund hier.«

»Drogen wirst du hier keine finden, nicht mal einen Joint«, stellte Jeremy mit einem Grinsen fest.

»Ja, leider«, fügte seine Freundin schmunzelnd hinzu.
»Selbst wenn ihr beiden eine ganze Plantage im Nebenzimmer anbaut, wäre das für mich im Moment uninteressant«, sagte Thomas, »Ich bin wegen deines Hobbys hier und ich brauche dringend eine Auskunft und deine Hilfe.«

»Hast du eigentlich nach einem Ausweis gefragt?«, fiel Jeremys Freundin ein.

Noch bevor er antworten konnte, hatte Thomas seinen Dienstausweis in der Hand.

»Bezirksinspektor Kratochwil«, wiederholte Thomas, »und die beiden hier«, er zeigte auf Werner und Dieter, »sind meine Kollegen.«

»Werner Ritter, Polizeipsychologe. Warum ich immer noch dabei bin, kann ich euch nicht beantworten, es ist vor allem die Neugier, wie diese Sache ausgeht.«

»Dieter Brehme«, stellte sich Dieter vor, »Eigentlich sitze ich nur auf der Dienststelle, aber heute ist alles etwas anders.«

»Tina«, stellte sich die Freundin vor und musterte die Besucher, »Ihr seht aus, wie eine Männergruppe, die eine Lokaltour hinter sich hat«, meinte sie grinsend.

»Wollt ihr was trinken? Kaffee, Tee, Bier, Red Bull mit oder ohne Wodka?«

Fünf Minuten später saßen die vier Männer und die junge Frau im Hobbyraum von Jeremy. Alle hatten eine Energy Drink Dose in der Hand und blickten zu Thomas.

»Also wie kann ich dir helfen?«, wollte Jeremy wissen.

»Das würden wir auch gern wissen«, meinte Dieter.

»Wie gesagt, es geht um Ihr... um dein Hobby«, begann Thomas nach einem Schluck aus der Dose.

»Sieht nach einem Hobby aus, bei dem es um Klettern geht«, stellte Werner fest und deutete auf einige Utensilien, die sorgfältig in einer Ecke des Zimmers lagen. Darunter befanden sich Seile, Taschenlampen und Schuhe mit ausgeprägtem Profil. Sie ähnelten denen, die Denise angehabt hatte. An den Wänden hingen Bilder von Kellerräumen, Schächten und schlecht beleuchteten Tunneln. Auf einem Tisch stapelten sich Bücher über Wien und den Zweiten Weltkrieg. Thomas wunderte sich über die Bilderrahmen auf einem zweiten Tisch. Jeder der knapp ein Dutzend Rahmen präsentierte einen Ziegelstein auf schwarzen Hintergrund. Auf mehreren Prospekten und Flugblättern daneben sah er das Logo, welches er schon im Internet gesehen hatte, ein Dreieck, in dem sich zwei weitere befanden, die wie ein »W« aussahen.

Erst jetzt verstand der Bezirksinspektor den Sinn des Logos.

»Ich Depp, eh klar. Ein V und ein W«, murmelte er.

»VW? Suchen wir ein Auto?«, fragte Dieter, der neben ihm stand und sein Gemurmel gehört hatte.

»Klettern gehört dazu«, bestätigte Jeremy Werners Vermutung, »Ihr habt vielleicht von Vergessenes Wien gehört.«

Das Schweigen von Werner und Dieter deuteten Jeremy und Thomas als Nein.

»Vergessenes Wien ist eine Gruppe von Leuten, die sich zur Aufgabe gemacht haben, das Luftschutzraumnetz unter Wien zu erforschen«, erklärte Thomas, was er zuvor auf seinem Handy herausgefunden hatte.

»In einem Satz zusammengefasst, richtig«, stimmte Jeremy zu und sprach weiter.

»Wir sind ein kleines Team, das sich um den Erhalt und die Dokumentation des vergessenen Wiens bemüht.«

»Es tut mir leid, ich bin der Piefke in dieser Gruppe. Was hat man in Wien vergessen?«, warf Dieter ein.

»Die Geschichte der Stadt. Wien spielte eine wichtige Rolle im Zweiten Weltkrieg, dementsprechend gab es auch Luftangriffe. Deshalb wurde ein Schutzkonzept, das Luftschutzraumnetz Innere Stadt, ausgearbeitet. Keller im ersten Bezirk wurden unterirdisch miteinander verbunden. Luftschutzbunker an öffentlichen Plätzen sollten die Bevölkerung vor Angriffen schützen. Mehrere Stockwerke tief hat man eine richtige Infrastruktur aufgebaut, um über längere Zeit unter der Stadt sicher zu sein. Nach dem Krieg hat man auf dieses System vergessen, heute hat die Stadt so gut wie kein Interesse an diesem Thema.

Wir möchten diese Relikte für die Nachwelt dokumentieren. Teilweise sind es öffentlich zugängliche Anlagen, aber auch längst vergessene Orte, an denen seit über 50 Jahren niemand mehr war.«

»Coole Sache«, staunte Dieter.

Thomas machte einen großen Schluck. »Es hat heute einen Vorfall in der Innenstadt gegeben, bei dem die Verdächtigen in den Untergrund verschwunden sind.«

»Wir haben damit ...«, fing Jeremys Freundin an, wurde aber gleich von Thomas unterbrochen.

»Ich weiß, es verdächtigt euch auch niemand. Ich bin der Person unterirdisch gefolgt. Aber da unten ist ja das reinste Labyrinth.«

»Ein Labyrinth, teilweise sehr eng, feucht und dreckig. Die Keller waren früher nahezu alle miteinander verbunden. Heutzutage sind die Luftschutzräume nicht mehr komplett verbunden. Einige Verbindungsgänge wurden zugemauert, andere werden heute genutzt für Fernwärme- und andere Rohrleitungen. Es gibt Räume, die völlig unberührt geblieben sind seit damals, es gibt welche, die inzwischen...«

»Okay, ich bin richtig bei dir«, unterbrach Thomas.

»Und wie kann ich helfen?«, wollte Jeremy wissen.

»Hast du Pläne von dem Netz unter der Stadt?«

»Es gibt Pläne, allerdings sind diese nicht 100% richtig, da viele Teile nie gebaut wurden.«

Thomas strich sich über sein Kinn.

»Wie ist die Verbindung da unten?«, überlegte er laut.

»Naja, Verkehrsmittel gibt´s da unten keine«, antwortete Tina spöttisch.

»Aber eine U-Bahn«, warf Werner ein.

»Ja, aber die Stationen sind nicht mit dem LS-Raumnetz verbunden«, sagte Jeremy.

»Ich meinte eigentlich die Handyverbindung, GPS, Internet?«, erklärte Thomas.

»Damit sieht´s da unten schlecht aus. Die Wände sind dick, und sobald du tiefer als ein Stockwerk bist, bist du von der modernen Technik abgeschnitten.«

Thomas sah Jeremy an und grübelte weiter. Tina hingegen schien etwas eingefallen zu sein, doch sie schwieg.

»Wie wäre es möglich, von dort unten...?«

»Das ist leicht, TJ«, fiel Dieter ein, »Deine Ex-Freundin bräuchte nur ...«

Thomas wirbelte zu ihm um.

»Nenn sie nicht noch einmal so, verstanden!«, fauchte er ihn laut an. So laut, dass alle im Raum verstummten und ihn mit großen Augen ansahen.

»Das ist eine andere Geschichte, eine komplizierte«, versuchte Werner dem jungen Paar eine Erklärung zu geben.

»Tut mir leid«, meinte Dieter kleinlaut, »Ich wollte nur sagen, man kann leicht ein Kabel verlegen und so eine Internetverbindung herstellen. Damit kann man auch telefonieren.«

Thomas nickte ihm zu, atmete tief durch und wandte sich wieder Jeremy zu.

»Stell dir vor, du vergleichst einen der halbwegs brauchbaren Pläne mit einem U-Bahn-Plan. Wir suchen einen Raum, der Platz für mindestens vier, fünf Personen bietet, in welchen man Internet verlegen kann und der so nahe am U-Bahn-Netz liegt, dass man den Zug vorbeifahren hört.«

Jeremys Miene verriet, dass er eine Eingebung hatte.

»Nach eurer Beschreibung hätte ich schon eine Idee ...«

»Jeremy!«, meldete sich Tina.

»Ja, ich denke dasselbe. Aber ...«, sagte er.

»Es würde doch genau passen. Du musst ...«

»Es wäre sonst ein großer Zufall, wir brauchen ja nur ...«

»Die haben sicher ein Foto, dann wären wir sicher und ...«

»Das würde erklären, warum wir damals ...«

»Ja genau das habe ich auch gedacht«, sagte Tina.

Werner, dessen Kopf wie bei einem Tennisspiel zwischen den beiden hin und her schwenkte, trat einen Schritt vor.

»Ganze Sätze würden uns echt weiterhelfen«, meinte er ernst.

»Ja, ach so, sorry«, meinte Jeremy und kramte auf dem Tisch unter einem Papierstapel.

»Habt ihr ein Foto von dieser Ex?«, fragte die junge Frau.

Thomas zog sein Handy hervor.

»Wieso? Was ist dir eingefallen?«, fragte Werner unterdessen.

»Kathi hat sich an eine Begegnung vor zwei Monaten erinnert. Wir waren unterwegs und haben einen frisch aufgebrochenen Durchgang gefunden. Als wir dahinter weitergeforscht haben, wurden wir von einer Frau aufgehalten. Sie war nicht alleine, ein paar andere haben wir im Hintergrund herumlaufen gesehen.«

»Sie war echt ungehalten«, fuhr Tina fort, »Hat uns ziemlich schroff verjagt und etwas von Polizeieinsatz gesprochen. Es war schon etwas komisch. Da sind Computer gestanden und LED-Lichter. Jemand hat sich beinahe häuslich eingerichtet.

Sie hat uns gewarnt, nicht nochmal herunterzukommen, weil das kein Spielplatz sei und wir dort nichts verloren hätten. Hausfriedensbruch, Sachbeschädigung und solche Vorwürfe hat sie uns erklärt. Was natürlich Blödsinn ist, wir fragen immer um Erlaubnis und unser oberstes Gebot ist, eben keine Spuren zu hinterlassen und nichts zu zerstören. Wir wollen ja genau das Unberührte erleben.«

Thomas hatte inzwischen ein Bild von Denise auf seinem Display und drehte das Telefon zu Tina und Jeremy.

»War das die Person?«

»Ja!«

»Ja, genau die hat uns angepöbelt und vertrieben«, bestätigte Tina.

Jeremy zog einen großen Papierbogen hervor. »Das ist einer der besseren Pläne. Moment, ich suche euch den Platz, wo wir … das muss …«, er fuhr mit dem Finger über einige Gänge, schüttelte mehrmals den Kopf. Seine Freundin kam ihm zu Hilfe und nach wenigen Sekunden blickten sie vom Plan hoch.

»Bingo, hier war es.«

Thomas verglich den Ort, auf den sie deutete, mit einem Stadtplan auf seinem Telefon.

»Das muss es sein«, war sich Thomas sicher, »Ich bin hier rausgestiegen, damit liegt der Raum ziemlich in der Mitte unseres Untergrund-Spaziergangs und die U-Bahn fährt auch fast direkt darüber.«

»Es gibt zwei Möglichkeiten, diesen ehemaligen Lagerraum zu betreten. Einer davon ist relativ leicht und offensichtlich. Der zweite führt über einen Luftschacht, recht schmal aber …«

»Wir müssen uns den Raum ansehen und überprüfen, ob unsere Vermutung richtig ist«, fiel ihm Thomas ins Wort.

»Ich kann euch gerne begleiten und hinführen, ohne, dass ihr euch verlauft.«

»Okay, dann lass uns gehen«, Thomas richtete sich auf, Jeremy sah ihn überrascht an.

»Jetzt?«

»Ja.«

»Wisst ihr, wie spät es ist?«, fragte Jeremy und deutete auf die Uhr über der Tür.

23 Uhr

Jeremy benötigte nur fünf Minuten, um alles Notwendige einzupacken. Gemeinsam mit seiner Freundin nahm er auf der Rückbank des Polizeiwagens Platz.

»Wollt ihr alle mitgehen?«, fragte Tina, wobei ihr Blick auf Werner gerichtet war.

»Nein danke. Ich bin nicht gerade sportlich. Herumkriechen und sich durch enge Löcher quetschen sind nicht mein Ding«, meinte Werner und nahm neben Thomas auf dem Beifahrersitz Platz.

»Deswegen darf ich auch bei euch beiden hinten sitzen«, meinte Dieter und zwängte sich zu Tina und Jeremy auf die Rückbank.

»Es werden nur Jeremy und ich gehen, jede Person mehr, erhöht das Risiko«, bestimmte Thomas.

Der junge Mann dirigierte Thomas in die Nähe der Gasse, von der er zuvor in den Untergrund gelangt war.

»Hier sind wir richtig. Das Haus dort vorne, von dessen Keller aus kommen wir zu dem Lagerraum.« Thomas kontrollierte seine Waffe, die er inzwischen wieder mit Munition versorgt hatte, zog seine Jacke aus und nickte Jeremy zu.

»Lass uns gehen«, er richtete seinen Blick zu Werner und Dieter, »Entweder ihr fahrt heim, oder wir treffen uns danach ...«

»Davon kannst du aber fix ausgehen, TJ.«

»Okay, dann treffen wir uns danach in der Schwarzen Rose«, meinte er und deutete Jeremy, voranzugehen.

»Und ich?«, fragte Tina.

»In die Schwarze Rose möchtest du nicht mitgehen, glaub mir«, versicherte Dieter ihr.

»Du bleibst beim Fahrzeug«, entschied Thomas, »Wenn jemand nachfragt, sagst du, du bist undercover für mich unterwegs. Aber bleib im Wagen.«

Vor der geschlossenen Haustür blickte Jeremy Thomas fragend an.

»Willst du um diese Uhrzeit jemanden rausklingeln?«

Nach einem Blick auf die Gegensprechanlage antwortete Thomas: »Nicht notwendig, dafür gibt's ja den Postler-Schlüssel«, antwortete er und zog seinen Schlüsselbund heraus. Er suchte einen kleinen Schlüssel und steckte ihn in das Schloss der Gegensprechanlage, woraufhin der Türsummer aktiviert wurde.

Die Tür zum Kellerabteil war unverschlossen und führte zu einem Gang mit Holzverschlägen an beiden Seiten. Jedes war mit einem eigenen Vorhängeschloss gesichert, was bei den fragilen Holztüren aber nur bedingt der Sicherheit diente. Der Keller glich demjenigen, den Thomas mit dem Innenminister besucht hatte.

»Wir müssen ganz nach hinten«, sagte Jeremy und deutete auf eine Metalltür am Ende des Ganges. Die Tür klemmte, erst nach mehrmaligem festem Ziehen konnte Thomas sie öffnen und auf einen Stiegenabgang blicken. Von der Seite wurde ihm eine Taschenlampe entgegengestreckt.

»Am Anfang können wir eine Lampe nutzen, aber ab dem letzten Tunnel sollten wir im Dunkeln bleiben, um nicht erwischt zu werden«, erklärte Jeremy und ging vor. Die Stiegen endeten in einem Gang, der identisch wirkte, wie das Kellerabteil über ihnen. Aber hier fanden sie keine Türen mehr vor, in den seitlichen Kammern lagen unterschiedliche Kisten, Regale und Alltagsgegenstände aus den 40er-Jahren.

»Und niemand hat hier unten nach wertvollen Überbleibseln gesucht?«, wunderte sich Thomas.

»Doch, garantiert sogar. Was du hier noch findest, sind Dinge, die keinen Verkaufswert haben.«

Ihr Weg führte durch einen schmalen, nur einen Meter hohen Tunnel zu einem benachbarten Kellerabteil und wieder ein Stockwerk tiefer. Die Wände bestanden aus zum Teil porösen Ziegelsteinen, mehrere waren herausgebrochen. Teile davon konnte er auf dem Boden erkennen. Sie durchquerten einen Raum, dessen Boden mit morschen Holzbrettern in allen Größen übersät war. Obwohl sie sich bemühten, lautlos voranzukommen, brachen die morschen Bretter unter ihnen bei jedem Schritt. Der modrige Geruch wurde intensiver, mehr als Thomas es bislang erlebt hatte.

»In einem Nebenraum kam es zu einem Wassereinbruch, als ein Leitungsrohr vor einem Jahr geplatzt ist. So wurden wir auch auf den Schleichweg aufmerksam, den wir jetzt nehmen werden.«

Hinter einer Holzplatte versteckte sich ein Durchgang, der nach wenigen Metern nur noch kriechend durchquert werden konnte. Jeremy stoppte und ging in die Knie.

»Wir haben nicht mehr viel vor uns, ab hier sollten wir ohne Taschenlampe weitergehen. Der Tunnel endet nach dieser Biegung in dem Lagerraum.«

»Ich verstehe. Kein Licht und leise«, meinte Thomas und drehte seine Lampe ab.

Zuerst konnte er nichts erkennen, alles um ihn herum war schwarz. Er hörte Jeremys Atem vor sich und kroch auf allen Vieren hinter ihm her. Schon nach wenigen Metern spürte Thomas, wie der Boden immer feuchter wurde. An seinen Händen blieb der jahrelang angesammelte Dreck kleben. Auch an seiner Hose drang die Nässe bis zu seinen Knien durch.

»Eng, feucht und dreckig, jetzt weißt du wie ich auf den Spruch gekommen bin«, flüsterte Jeremy.

Langsam kamen Umrisse zum Vorschein, gerade rechtzeitig, bevor Thomas gegen die Wand stieß. Als er um die Ecke bog, war in einiger Entfernung eine schwache Lichtquelle zu erkennen, das Ziel ihres Ausflugs.

Sie bewegten sich langsam auf das Licht zu, sehr darauf bedacht, keinen verdächtigen Lärm zu machen. Zwei Meter vor dem Ende des Tunnels, der inzwischen gut ausgeleuchtet war, drückte sich Jeremy gegen die Wand, um Platz für Thomas zu machen.

Dieser zwängte sich vorbei, spürte die rauen, teils spitzen Steine über seinen Rücken streichen. Wenigstens war der Boden eben, wobei jeder Schritt eine Staubwolke aufwirbelte.

Am Ende des Tunnels riskierte er einen Blick über die Kante in den Raum vor ihm.

Sie waren drei Meter über dem Boden eines Gewölbekellers. Mehrere runde Säulen stützten den langgezogenen Raum, in dem nichts mehr an die Weltkriegszeit erinnerte. Auf silbernen Metalltischen standen Computer, Kabel verliefen quer durch den Raum. Mehrere Kabelstränge waren an der Wand montiert und verschwanden in der Mauer. Auf einem Feldbett schlief Lukas Schröder, wenige Meter daneben saß ein Mann, dem Thomas bereits begegnet war. Die Verbrennungen auf seiner Gesichtshälfte, die Thomas ihm bei ihrer früheren Begegnung zugefügt hatte, leuchteten dunkelrot. Weiter entfernt bewegte sich ebenfalls eine Person, die Thomas nur schemenhaft sah.

Auch wenn er sie nicht erkennen konnte, war er sich sicher, dass es sich dabei nicht um Denise handelte.

Lautlos zog sich Thomas in den Tunnel zurück. Erst als sie wieder im Dunklen waren und Jeremy die Taschenlampe einschaltete, blieb Thomas stehen.

»War es wie erwartet?«, fragte Jeremy.

»Ja und nein. Genau das habe ich vermutet, aber es sind nicht alle anwesend«, flüsterte er.

Sie krochen aus dem Tunnel und streckten sich beide durch.

»Ich möchte, dass du mit deiner Freundin heimfährst und diesen kleinen Ausflug vergisst«, sagte Thomas auf ihrem Weg zurück.

»Außerdem solltet ihr die Gegend hier unten in nächster Zeit meiden, auch wenn es vielleicht nicht in den Medien erwähnt wird.«

»Aber es wird doch für Aufsehen sorgen, wenn ein Haufen Polizisten da reinstürmt«, gab Jeremy zu bedenken.

»Ich weiß noch nicht, wie es genau weitergeht, aber es ist möglich, dass du Sachen liest und hörst, die nicht mit unserem Ausflug zusammenpassen. Das alles ist … Sagen wir, es stecken ein paar Leute mit drinnen, die wissen, wie man Begebenheiten so verkauft, wie es in deren Interesse ist«

»Klingt nach Politikern.«

»Gut erkannt«, bestätigte Thomas.

23:45 Uhr

Wie abgemacht wartete Tina alleine im Polizeiwagen. Thomas bestellte ihr ein Taxi und bat nochmals, niemandem von dem Ausflug zu berichten.

Er reichte Jeremy die Hand.

»Danke für deine Mithilfe. Wenn das alles vorbei ist, würde ich gerne nochmal einen Ausflug da runter machen. Aber einen ohne verbrecherischen Hintergrund.«

»Gerne. Vielleicht erfahre ich dann auch, worum es genau geht.«

Thomas versprach, ihm alles zu berichten, wenn es erledigt war.

Als das Taxi mit dem Paar abfuhr, setzte er sich ins Fahrzeug und zündete sich eine Zigarette an.

Nur fünf Minuten Ruhe, dachte er und schloss die Augen. Aber sein Kopf wollte ihm keine Auszeit gönnen. Denise tauchte vor seinen Augen auf, wie sie in den Krankenwagen stieg. Jetzt wusste er, wie er ihren Gesichtsausdruck hätte deuten sollen. Seine Frau, wie sie ihm gegenübersaß und ihn mit missachtendem Blick ansah. Auch die Flucht mit Michael Steinberger durch die alten Gänge des Luftschutznetzes unter Wien kam ihm in den Sinn. Die kühle Luft sorgte dafür, dass sich Thomas zumindest etwas beruhigte. Jedenfalls solange er nicht darüber nachdachte, dass der kommende Tag nicht viel entspannter sein würde.

Er machte den letzten Zug der Zigarette, warf den Rest aus dem Fenster und startete den Wagen.

00:15 Uhr

Alle Fenster des Ecklokals »Schwarze Rose« in einer Seitengasse des sechszehnten Bezirks waren mit schwarzer Folie abgedunkelt. Die einen Spalt offene Tür und der Gorilla von Türsteher ließen vermuten, um welches Etablissement es sich handelte. Thomas grüßte den vollbärtigen Hühnen und wurde kommentarlos eingelassen.

Wie erwartet, waren die Tische nahezu alle besetzt. Thomas nahm an der Bar Platz, wo der Barkeeper sofort zu ihm kam.

»Mein Lieblingskieberer, war wohl ein dreckiger Tag«, meinte er mit einem Blick auf Thomas' Hose. »Was kann ich für dich tun?«, fuhr er fort.

»Whisky.«

»Das klingt nach einem anstrengenden Tag. Soll es nur eine kleine Entspannung sein oder ...«

»Stell einfach ne Flasche Single Malt her und ein Glas.«

»Ich verstehe, Herr Inspektor.«

Thomas war regelmäßiger Gast des Lokals und den meisten Angestellten bekannt. Der Inhaber war einer der wenigen Nachtclub-Besitzer, die überwiegend auf legalem Weg ihr Geld machten. Thomas hatte ihm schon vor Jahren nahegelegt, bei den Damen darauf zu achten, dass alle Unterlagen in Ordnung waren. Als Gegenleistung sorgte der Bezirksinspektor dafür, dass es nur selten Besuch von der Polizei gab. Er selbst kam oft auf ein Getränk vorbei, sowohl privat, als auch, wenn er sich mit einem Spitzel traf.

Die meisten der angestellten Damen kannten ihn. Sie grüßten, ließen ihn aber ansonsten in Ruhe. Dafür war Thomas nicht zu haben, das wussten sie.

Er schenkte sich ein Glas ein und leerte es in einem Zug.

Beim zweiten Glas nahm eine besonders junge Frau neben ihm Platz. Ihr schwarzer Minirock und der ebenfalls schwarz glänzende Lack-BH bedeckten nur wenig ihres zarten Körpers. Thomas musterte sie kurz.

Vermutlich Tschechin, maximal 20 Jahre, unter anderen Umständen würde er sich Gedanken machen, ob sie schon volljährig war.

»Na Süßer, hast du Lust auf etwas Unterhaltung?«, säuselte sie.

Thomas schüttelte den Kopf.

»Wie alt bist du, Mädel?«, fragte er missmutig.

Sie lehnte sich vor, eine Hand landete auf seinem Oberschenkel.

»So jung, dass es fast verboten ist«, flüsterte sie ihm ins Ohr.

Thomas blickte von ihr zum Barkeeper und überlegte, ob auf seine Warnungen vergessen wurde. Scheinbar erriet der Barkeeper seine Gedanken und kam schnell zu ihm.

»Tatjana, Abmarsch. Such dir wen anderen und lass den Inspektor in Ruhe.«

Bei dem Wort ‚Inspektor‘ wich die junge Frau zurück, stand auf und entfernte sich ohne ein weiteres Wort.

»Es tut mir leid, Herr Inspektor. Sie ist neu bei uns und kennt noch nicht alle Stammgäste.«

»Wie alt ist die Kleine?«, wollte Thomas wissen.

»23, auch wenn sie aussieht wie 16 oder gerade 18 geworden. Wir haben bei ihr neben dem Personalausweis auch die Geburtsurkunde überprüft.«

»Sicher? Nächste oder übernächste Woche kommt eine Kontrolle.«

Der Barkeeper grinste breit.

»Kein Problem, Inspektor. Sie hat alle Papiere, alles legal und sauber. Ich werde doch meinen besten Freund bei der Polizei ...«

»Deinen einzigen Freund.«

Der Barkeeper lachte auf.

»Da hast du Recht. Aber du hast ein paar Freunde mehr.«

Er deutete zur Eingangstür, wo gerade Werner und Dieter das Lokal betraten. Dieter hatte schon einige Abende mit und ohne Thomas hier verbracht, für Werner war es der erste Besuch. Dementsprechend neugierig blickte er sich um.

»Dein junger Freund, er ist unseren Damen nicht so abgeneigt«, meinte der Barkeeper und holte eine weitere Flasche Whisky hervor.

»Soll er ruhig. Besser bei dir, als irgendwo anders«, meinte Thomas und winkte die beiden Männer zu sich.

»Wollt ihr ungestört reden?«

»Das wäre praktisch.«

»Gorana! Räum das blaue Separee und bring den Herren ein paar Bier. Niemand soll die Herrschaften stören, verstanden?«, schaffte der Barkeeper einem der Mädchen an, die sofort mehrmals nickte und in einem Nebenraum verschwand.

»Die Whiskyflaschen gehen auf mich«, gab er Thomas noch mit auf den Weg.

Hinter ihnen wurde die Tür des Raumes geschlossen, auf dem Tisch standen bereits drei Gläser Bier.

»Interessant. Normalerweise komme ich nicht in solche Lokale«, meinte Werner und inspizierte den Raum, »Fast schon zu klischeehaft kitschig. Roter Samt an den Wänden, gedämpftes Licht und eine breite, durchgesessene Couch. Ist es zu indiskret, wenn ich euch frage ...«

»Es ist ein sauberes Lokal«, meinte Dieter, »Wir haben hier schon öfters wertvolle Informationen bekommen, dafür gibt es auch kleinere Vorteile.«

»Quid pro quo, ich verstehe.«

»Du wirst ja nicht das erste Mal in einem Rotlichtlokal sein«, sagte Dieter grinsend.

»Wahrscheinlich schon«, antwortete Thomas, griff nach dem Bier und wollte das Thema wechseln.

»Mann eh, es ist doch nichts dabei«, gab Dieter nicht auf, »Du bist ein Mann im besten Alter, wieso solltest du nicht auch deinen Spaß ...«

»Für diese Art von Spaß sind mir Männer lieber, verstehst du?«, unterbrach ihn Werner.

Dieter wollte etwas entgegnen, stutzte und überlegte. »Ah!«, dämmerte es ihm, »Na dann ist sowas natürlich nur ein Lokal mit überteuerten Drinks für dich.«

»Nachdem wir das geklärt haben, können wir uns etwas Wichtigerem widmen«, schlug Thomas vor.

Nach der Zusammenfassung seines unterirdischen Ausfluges fragte Thomas, ob die beiden Männer neue Ideen hätten.

»Das ist nicht mein Metier«, sagte Werner, »Ich kann nur sagen, Denise klang sehr selbstsicher, sie war ...«

»Überheblich«, warf Dieter ein.

»Ich kenne sie, jedenfalls habe ich das geglaubt«, meinte Thomas, »Sie schätzt ihre Chance tatsächlich sehr gut ein. Die große Frage ist, warum?«

Dieter nahm sein gefülltes Whiskyglas, schwenkte es langsam vor sich und starrte auf den goldbraunen

Inhalt.

»Dann lasst uns davon ausgehen, dass sie durch ihr Wissen einen nahezu perfekten Plan hat. Einen, den aber gerade TJ durchkreuzen könnte ... Wobei, wenn ich an ihrer Stelle wäre ... naja, eigentlich ...«

Werner und Thomas sahen sich an, Thomas hob die Schultern.

»Lassen wir ihn nachdenken«, sagte er und hob sein Whiskyglas, um Werner zuzuprosten.

Nach fünf wortlosen Minuten blickte Dieter auf.

»Denise hat doch gesagt, sie wird die Unterlagen übergeben.«

Werner nickte dem jüngeren Kollegen zu.

»Das meinte ich mit selbstsicher. Glaubt sie wirklich, man lässt sie einfach wieder gehen? Vielleicht möchte sie vom Bundespräsidenten Immunität für ihr Handeln?«, spekulierte er.

Thomas überlegte kurz, schüttelte aber dann den Kopf.

»Das ist keine amerikanische Actionserie. Sie wird sich anders absichern.«

Dieters Kopf fuhr hoch, ein breites Siegerlächeln im Gesicht.

»Ich hab es!«

Nachdem er kurz die fragenden Gesichter von Thomas und Werner genoss, lehnte er sich zurück und deutete auf sein leeres Bierglas.

»Wenn einer von euch mein Glas auffüllt, erzähle ich euch, wie sie es machen wird.«

»Sicher?«, fragte Thomas.

»Ziemlich sicher. Passend zu deiner Erzählung und ihrer Überheblichkeit. Ich musste nur ... etwas umdenken, aber es passt zu Denise und allem, was du mir erzählt hast und wir bislang wissen.«

»Dann sprich mit uns«, fordert Werner ihn auf.

205

2 Uhr

Über eine Stunde lang erklärte Dieter, wie er sich den kommenden Tag vorstellte. Jede Möglichkeit und jeder Schritt, den sich Dieter überlegt hatte, wurde mehrmals besprochen, wobei seine Idee immer wahrscheinlicher wurde.

»Verdammt, du könntest Recht haben«, musste Thomas zugeben.

»Wir sollten den Bundespräsidenten... wir brauchen nochmals die Cobra ... Die könnten auf der Stelle ...«, Dieter stotterte beinahe. Für den jungen Mann war es aufregend, da er bislang immer nur von seinem Computer aus die Arbeit mitbekommen hatte.

»Ganz ruhig, Dieter«, beruhigte ihn Thomas, »Wir können alle etwas Schlaf gebrauchen.«

Er leerte zuerst sein Whiskyglas und dann in einem Zug sein Bier.

»Um 8 Uhr beim Bundespräsidenten. Eine Stunde reicht, um diesen Herren den mutmaßlichen Plan zu erklären und alles vorzubereiten. Wenn du richtig liegst, junger Freund, dann werden wir den Spieß umdrehen. Dann wird Denise morgen mehrere böse Überraschungen erleben.«

6:30 Uhr

Als Thomas erwachte, fand er sich in einem ihm unbekannten Zimmer in einem fremden Bett wieder. Erst nach einigen Sekunden konnte er klar genug denken, um sich zu erinnern. Werner hatte ihn mitgenommen und einen Schlafplatz angeboten, da er nicht nach Hause wollte.

Als er sich aufsetzte, erschien ein Mann im Zimmer. In der Hand hielt er die Jeans und Jacke von Thomas.

»Morgen! Dein Hemd ist ziemlich verdreckt, ich werde dir eines von mir geben. Die Hose habe ich sauber bekommen, die Lederjacke sowieso. Cooles Teil im Übrigen.«

Thomas nickte und überlegte. Scheinbar konnte sein Gegenüber seine Gedanken erraten.

»Ich bin Christian, Werners Freund. Wir haben uns noch nicht gesehen, du bist augenblicklich eingeschlafen. Werner holt gerade deinen Freund ab.«

Thomas strich über sein Kinn und musterte den Mann. Er wirkte wie das komplette Gegenteil von Werner. Sportlich schlank, kein Bart und wahrscheinlich über 10 Jahre jünger stand er oberkörperfrei vor Thomas, der direkt auf das trainierte Sixpack des Mannes blickte.

»Wo sind wir?«, wollte Thomas wissen, während er sich langsam aufsetzte.

»Im neunten Bezirk, Severingasse«, antwortete Christian freundlich und ausgeschlafen, »Möchtest Du Frühstück? Ich habe gerade Tapiokapudding mit Basilikum-Kiwimus und Buchweizen-Porridge mit Maracuja zubereitet. Tee und veganen Toast haben wir ...«

»Ich bin schon bei Tapibasilikum ausgestiegen«, stöhnte Thomas.

Sein Kopf dröhnte, was ihn nach den Getränken des Vorabends wenig verwunderte.

»Ruf Werner an, wir treffen uns Spitalgasse, Ecke Währinger Straße. Er findet mich beim Würstelstand.«

»Würstelstand? Um diese Uhrzeit?«

»Ich brauche ein spezielles Frühstück«, meinte Thomas müde, während er in seine Hose schlüpfte.

7 Uhr

Als Werner und Dieter im Dienstwagen vor dem Würstelstand parkten und ausstiegen, hatte Thomas bereits sein Frühstück vor sich.

»Alles okay, TJ?«, fragte Dieter beim Blick auf den Pappteller und die Bierdose.

»Ich habe nicht gewusst, dass unser Freund«, er deutete auf Werner, »auf der gesunden Schiene unterwegs ist.«

»Und einen guten Geschmack für Mode. Das Hemd kommt mir sehr bekannt vor, ich habe es Christian gekauft«, konterte Werner mit einem Grinsen. Als Reaktion öffnete Thomas seine Jacke und präsentierte sich den beiden Männern.

Das Hemd von Christian war aus hochwertigem Material, Thomas tippte auf eine Mischung mit Seide oder Ähnlichem. Obwohl er nicht so durchtrainiert wie Werners Freund war, passte es ihm erstaunlich gut.

»Viel zu elegant, wenn man bedenkt, was wir heute vorhaben«, sagte Thomas, »Deshalb brauche ich auch ein gscheites Frühstück und kein gesundes Basilikum-Buchweizen-Etwas.«

Werner musste lachen.

»Ich halte mich nicht so wie mein Freund. Aber ja, daheim essen wir fast ausschließlich vegan«, erklärte er, »Aber Bier und Käsekrainer zum Frühstück?«

»Meine Art vom Wiener Frühstück«, sagte Thomas und hob die Dose in ihre Richtung, »Ein Reparaturseidl wirkt Wunder.«

Zehn Minuten später hatte Thomas sein Frühstück beendet, eine Zigarette geraucht und saß im Wagen. »Was werden die sagen, wenn wir behaupten, zu wissen, was passieren wird?«, fragte Dieter nach. Ihm war anzuhören, dass er sich inzwischen nicht mehr ganz so sicher war, ob seine Überlegungen wirklich zutreffend waren.

»Mach dir keine Sorgen, wir sind auf deiner Seite«, versuchte Werner, ihm Mut zu machen. Thomas schwieg, er war in Gedanken bei seiner Frau, seiner Tochter und Denise. Er widerstand dem Drang, seine Frau anzurufen, da er wusste, dass sie im Moment keine Unterstützung für ihn war. Er konnte nur darauf hoffen, dass er nach diesem Tag Zeit finden würde, ihr alles in Ruhe zu erklären.

7:35 Uhr

Wie schon tags zuvor fuhren sie bis zum Eingang der Präsidentschaftskanzlei. Der Polizist vor dem Eingangstor sah sie erstaunt an, als sie aus dem Wagen stiegen.

»Guten Morgen, wie kann man Ihnen helfen?«

»Morgen. Indem Sie uns gleich zum Präsidenten durchlassen, wir werden erwartet«, antwortete Thomas, hielt ihm seinen Ausweis entgegen und marschierte, ohne auf eine Antwort zu warten, ins Innere.

»Aber, Moment ...«, begann der Mann, wurde aber gleich von Werner unterbrochen.

»Keine Sorge, wir wissen, wohin wir müssen.«

Begleitet von einem Sicherheitsbeamten gelangten sie bis zum Büro des Präsidenten. Davor erwartete sie bereits Michael Steinberger.

»Ich habe mir schon gedacht, dass Sie überpünktlich sein werden. Aber ist es notwendig, dass Sie alle drei ...«

»Ja«, meinte Thomas ungehalten und öffnete die Tür, ohne den Innenminister weiter zu beachten.

Neben Bundespräsident Kallinger war auch schon Kanzler Schaller anwesend. Die dritte Person erkannten Thomas und Werner ebenfalls sofort.

»Herr Katzmann, guten Morgen«, grüßte Werner den Leiter der Spezialeinheit. Dieser nickte ihnen nur zu.

»Meine Herren, es ist schön, dass Sie so zeitig erschienen sind«, begann Ludwig Kallinger. Ihm war anzusehen, dass er nur wenig geschlafen hatte.

»Wir haben leider keine neuen Erkenntnisse und müssen demnach auf den Anruf dieser Frau warten«, fuhr er fort.

Wie zuvor besprochen, verrieten Thomas, Werner und Dieter noch nichts von ihrem Plan. Zuerst wollte Thomas sichergehen, dass Denise mitspielte.

»Wenn sie anruft, erwähnen Sie nicht meinen Namen, diese Überraschung möchte ich gezielt einsetzen«, erklärte Thomas.

»Haben Sie denn einen Plan?«, wollte Simon Katzmann wissen.

»Wahrscheinlich.«

»Wahrscheinlich?«, ätzte der Innenminister in Thomas´ Richtung, »Das ist schon sehr vage. Ich möchte Sie daran erinnern...«

»Oida, pudel di ned auf, Eierbär!«, unterbrach Thomas Steinberger schroff.

»Wie bitte?«, antwortete der Innenminister überrascht.

»Mein werter Kollege meint damit, dass eure einzige Möglichkeit, um aus diesem Schlamassel heil rauszukommen, in den Händen des Herrn Bezirksinspektor liegt«, meinte Dieter übertrieben freundlich.

Thomas verdrehte die Augen, sprach dann aber mit ruhiger Stimme weiter.

»Ich weiß ganz genau, mit wem wir es zu tun haben. Ich kenne diese Frau, auch wenn sie mich gründlich verarscht und hintergangen hat. Und ich kann Ihnen versichern, dass sie damit nicht durchkommt.«

»Da müssen wir dann wohl auf Ihr Wort vertrauen«, meinte Steinberger skeptisch.

»Ja, müssen Sie.«

Zunächst erläuterte der Leiter der Spezialeinheit Cobra, dass er mit seinem Team bereitstand und auch ein Hubschrauber auf den Einsatzbefehl wartete, um binnen weniger Minuten in ganz Wien zugreifen zu können.

Thomas wandte sich dem Mann zu.

»Wie gut sind Sie trainiert, um in engen Gängen, unterirdisch zu agieren? Kurz gesagt, ein unterirdischer Kampfeinsatz.«

Katzmann zog die Augenbrauen hoch.

»Definieren Sie unterirdischer Kampfeinsatz, Herr Kratochwil.«

»Enge Kellergänge, spärliches Licht, Räume, die seit Jahren oder auch Jahrzenten nicht betreten wurden. Modrige, teils niedrige Räume. Zugriff in einem Kellergewölbe, geschätzt 30 Quadratmeter Platz, hell ausgeleuchtet, Ihnen stehen mindesten drei Mann gegenüber. Es könnten mehr sein, was ich aber bezweifle.«

Einige Sekunden lang blieb Katzmann regungslos. Er verzog keine Miene, seine Lippen waren eisern verschlossen.

»Bestens trainiert. Die Ausrüstung dafür haben wir mit«, antwortete er dann.

Thomas nickte und blickte zur Uhr.

»Wieso die Frage?«, meldete sich zum ersten Mal nun auch der Bundeskanzler zu Wort.

Thomas ignorierte ihn, holte einen zusammengefalteten Plan aus seiner Jackentasche und sprach weiter mit Simon Katzmann.

»Können Sie, anhand dieses Plans...«, er entfaltete ihn. Katzmanns' Blick verriet, dass er eine Ahnung hatte, was er vor sich sah, »... ein Team von einem bestimmten Platz aus zu diesem Raum führen, unbemerkt?«

»Wäre es zu viel verlangt, uns auch...«, empörte sich der Bundeskanzler, verstummte aber, als Thomas und Katzmann die Hand hoben, um für Ruhe zu sorgen. Katzmann studierte den Plan, fuhr mit einem Finger über die Gänge und nickte mehrmals.

»Wie genau ist der Plan?«, fragte er nach.

»Ziemlich, ich habe es gestern selbst überprüfen können.«

»Der Zustieg ist sicher?«

»Sicher und weit genug entfernt. Es gibt zwei Möglichkeiten, wobei nur eine davon aufrecht gehend zu bewältigen ...«

»Ich kann den Plan lesen, danke«, unterbrach Katzmann, ohne den Blick zu heben.

Währenddessen beugte sich Steinberger zu Werner.

»Darf ich darauf hinweisen, dass wir uns hier nicht in einem Actionfilm a la ›Stirb langsam‹ befinden. Das soll kein Himmelfahrtskommando werden mit einem Haufen unbekannter Faktoren.«

Werner hob nur die Schultern.

»Ich bin nur der Psychologe.«

Steinbergers Blick ging zu Dieter, der ebenfalls nur die Schultern hob.

»Ich bin nur der Quotenausländer.«

Fünf Minuten später war sich Simon Katzmann sicher.

»Dieser Plan, der einen Teil des ehemaligen Luftschutz Raumnetz Wien Innere Stadt darstellt, ist detailliert genug, um eine sichere Zugriffsmöglichkeit zu gewährleisten. Das entspricht ziemlich genau einem der letzten Trainingstage, Zugriff und taktische Kämpfe bei schlechter bis keiner Sicht. Meine Männer sind dementsprechend gut vorbereitet. Auf Ihr Kommando können wir an diesem Punkt ...«, er deutete auf die Gasse, in der am Vortag Denise und die andere Geflüchteten verschwanden, »absteigen und uns vorarbeiten. Zugriff auf Ihren Befehl oder bei Kontakt mit einer der Zielpersonen.«

»Besser hätte ich es nicht zusammenfassen können«, sagte Thomas erfreut.

»Worauf warten wir dann noch?«, fragte Kanzler Schaller.

Das Festnetztelefon des Bundespräsidenten läutete.

»Genau darauf«, meinte Thomas.

»Hoffen wir, dass Sie richtig liegen«, zeigte sich Steinberger skeptisch.

8 Uhr

Bundespräsident Kallinger nahm das Gespräch entgegen und schaltete wieder den Lautsprecher ein, um alle mithören zu lassen.

»Einen schönen guten Morgen, Herr Präsident«, meldete sich Denise höflich und freundlich, »Darf ich erfahren, wer denn alles anwesend ist?«

»Guten Morgen, Frau Graf. Neben mir stehen der Bundeskanzler und der Innenminister. Es wird Sie nicht überraschen, dass auch ein Polizeibeamter zugegen ist. Diese Person ist aber mir unterstellt und nur in beratender Funktion anwesend.«

Gut mitgedacht, dachte Thomas. Ganz ohne Polizei, das wäre verdächtig gewesen.

»Sehr schön. Machen wir es kurz und schmerzlos. Herr Bundeskanzler, Sie haben hoffentlich alles in die Wege geleitet, um das Konto mit ein paar Tastenschlägen umzuschreiben?«

Kurt Schaller seufzte.

»Ja, es ist vorbereitet. Ich kann den Betrag auf ein anderes Konto transferieren. Eine Umschreibung würde ...«

Denise lachte auf.

»Das weiß ich doch. Ich wollte nur sichergehen, dass Sie sich tatsächlich informiert haben. Nun, dann wird es wie folgt ablaufen. Sie bekommen die Unterlagen, und zwar alles, sobald ich das Geld auf dem Konto habe.«

Dieter knetete nervös seine Hände. Jetzt entschied sich, ob er richtig gedacht hatte. Auch Thomas hielt angespannt die Luft an.

»Wie bekommen wir die Unterlagen?«, fragte der Präsident.

»Ganz einfach, persönlich.«

Dieter und Thomas machten gleichzeitig eine geballte Faust zum Sieg und grinsten sich an.

»Ich werde Ihnen alles übergeben, sobald das Geld eingetroffen ist. Bevor Sie jetzt falsche Hoffnungen hegen, sollte ich gefasst werden oder mir etwas zustoßen, landet umgehend das ganze Paket online bei unzähligen Medien im In- und Ausland. Das wurde bereits vorbereitet. Aber ich stehe zu meinem Wort. Wenn das Geld auf meinem Konto eingegangen ist, werden sie nie wieder von diesen Unterlagen hören oder lesen. Jedenfalls nicht von meiner Seite. Natürlich gilt das auch für meine Kollegen.«

»Diese Selbstsicherheit grenzt an Größenwahn«, flüsterte Werner.

»Zu unserem Glück«, antwortete Thomas und ging vor zum Telefon.

»Nun zum Treffen«, fuhr Denise fort.

»Das ist einfach«, meldete sich Thomas zu Wort, laut und deutlich, damit sie ihn sofort erkannte, »Wir beide treffen uns und ich bekomme die gestohlenen Unterlagen.«

Kurz war es still, seine Anwesenheit hatte Denise tatsächlich überrascht.

»Thomas, mein Süßer. Na das ist aber eine ...«

Auch wenn sie ihre gute Stimmung beibehielt, hörte Thomas an ihrer Stimme, dass es ihr nicht passte, dass er noch immer an ihr dran war.

»Überraschung? Tja, deinen letzten Auftritt möchte ich mir nicht entgehen lassen.«

»Ich habe schon befürchtet, du hast zu viele persönliche Probleme ...«

»Das ist wurscht!«, unterbrach er sie forsch, »Wie hast du dir das vorgestellt, niemand wird dir zuerst Geld überweisen. Dazu fehlt uns allen hier das Vertrauen.«

»Kein Problem. Du tippst das Passwort ein, damit die Überweisung stattfindet und ich reiche dir dabei alle Unterlagen. Gleichzeitig.«

»Klingt fair. Ich weiß auch den perfekten Platz dafür, da du wahrscheinlich nicht einfach herkommen wirst.«

Denise lachte auf. Sie klang so unbeschwert und gut gelaunt, als würden sie ein Treffen zum Plaudern und Trinken ausmachen.

»Nein, lieber nicht.«

Thomas hob die Hand und deutete den Anwesenden, still zu sein. Er lehnte sich zum Mikrofon vor und sprach mit leiserer, plötzlich nicht mehr wütender Stimme.

»Vielleicht können wir uns treffen und nochmal reden.«

Für einige Sekunden blieb es ruhig.

»Ich möchte mich mit dir treffen. Ich werde den Code bekommen, damit du mit dem Geld abhauen kannst, okay?«, sagte Thomas mit brüchiger Stimme und fügte nach einer kurzen Pause ein »Bitte« hinzu.

»Und woran hast du gedacht?« Denise' Überraschung war nun deutlich zu hören.

»Wir haben so viele gemeinsame Erinnerungen ...«

Alle Blicke waren auf Thomas gerichtet, wobei der Bundespräsident und die Politiker ihn mit großer Verwunderung ansahen.

Denise überlegte kurz.

»Das Riesenrad!«, schwärmte sie, »Da habe ich schöne Erinnerungen mit dir, Süßer.«

Thomas atmete tief durch.

»Ja, das wäre ein guter Treffpunkt«, antwortete er.

»Okay, 10:30 Uhr. Ich schreibe dir, welche Kabine. Aber keine Tricks, verstanden?«, schlug Denise vor.

»Schreib mir einfach«, sagte Thomas und trennte die Verbindung.

»Was war das?«, fragte Michael Steinberger ernst.

»Sie wissen schon, wie das geklungen hat?«, sagte Simon Katzmann.

Sie standen rund um Thomas, der seinen Kopf hob und den Bundespräsidenten ansah.

»War das Ihr Plan?«, fragte Präsident Kallinger unsicher.

Thomas' Mundwinkel wanderten nach oben, bis er den Präsidenten mit einem verschwörerischen Grinsen in die Augen sah.

»Ja, genauso wie erwartet!«

Er wandte sich um und streckte die Hand zur Faust geballt Dieter entgegen.

»Du bist ein kleines Genie!«, meinte er triumphierend.

»Was ein bisschen Menschenkenntnis und Alkohol ausmachen können. Jetzt geht es um die Vorbereitungen, damit es auch tatsächlich funktioniert«, antwortete der Kollege und gab ihm ebenfalls die Faust.

»Könnten Sie uns jetzt endlich einmal in Ihren Plan einweihen?«, forderte Steinberger die dreiköpfige Gruppe auf.

»Es ist eine Gemeinschaftsproduktion, den größten Anteil hat aber Dieter beigetragen. Also ihm gebührt ein Danke«, stellte Thomas mit entschlossener Stimme fest.

Dieter richtete sich auf, ein stolzes Grinsen im Gesicht.

Nach fünf Sekunden Stille erhob Thomas seine Stimme.

»Ich sagte, er hat ein Danke verdient! Also, dankt dem jungen Kerl«, verlangte er.

»Danke«, murmelten der Kanzler und der Präsident, während Innenminister Steinberger die Augen verdrehte.

»Meine Herren!«, unterbrach Simon Katzmann die Runde mit lauter, ernster Stimme.

»Ich möchte folgende Überlegung in den Raum werfen: Herr Kratochwil und Frau Graf sind schon lange enge Kollegen und pflegten eine Liebesbeziehung. Bei allem ...«

Thomas war mit einem Schritt bei ihm und starrte ihm aus nächster Nähe in die Augen.

»Sprich weiter und du schluckst meine Faust!«, knurrte Thomas.

»Was war das gerade?«, zeigte sich der Mann unbeeindruckt.

»Sie war meine Kollegin, sie war mein Gspusi, aber jetzt ist sie mit ihrer Bagasch nicht mehr als ein Haufen Verbrecher, die wir festnehmen werden«, fauchte er. Nach einer kurzen Pause fügte er aus tiefster Entschlossenheit hinzu: »Wir kriegen die, und wenn es das Letzte ist, was ich tue.«

Katzmann blieb weiterhin unbeeindruckt, nickte ihm aber fast unmerklich zu. Thomas wandte sich an die Politiker.

»Wenn Sie mir nicht vertrauen, Ihr Problem. Ich kann auch gehen und mir in den Abendnachrichten anhören, welcher Politiker mit einem Haserl im Bett war, wer von ihnen sich gern eine Prise durch die Nase zieht und zusehen, wie Sie alle im eigenen Sumpf versinken.«

Simon kam der Hauch eines Lächelns über die Lippen, dann blickte er zu Michael Steinberger.

»Vertrauen Sie diesem Mann?«

Der Innenminister blickte von Katzmann zu Thomas und zurück.

»Nicht unbedingt, aber was diesen Fall betrifft ... ja.«

Simon Katzmann nickte.

»Dann werde ich meine Meinung für mich behalten. Wie sieht Ihr Plan aus, Herr Bezirksinspektor?«

10:20 Uhr

Treffpunkt 10:30, wir beide im Waggon Nummer 16. Denk daran, keine Tricks, sonst werden die gesamten Daten losgeschickt. Kuss Denise

Thomas sah zum wiederholten Mal von der Nachricht auf seinem Handy zum Riesenrad.

»Nervös?«, meldete sich Werners Stimme über einen Ohrstecker.

»Nein, konzentriert«, antwortete Thomas und blickte auf das Wiener Wahrzeichen. Gemeinsam mit Michael Steinberger stand er auf dem runden Vorplatz, der als Zugang zum sogenannten Wurstelprater fungierte. Der Vergnügungspark hatte bereits regen Zulauf, alleine während Thomas seine letzte Zigarette geraucht hatte, waren zwei Reisebusse angekommen.

»Sie verlassen sich voll und ganz auf die Idee ihres Kollegen. Wenn diese Frau einen anderen Plan verfolgt ...«, den Rest sprach der Innenminister nicht aus.

»Es kam von niemandem ein besserer Vorschlag.«

Steinberger nickte ihm zu.

»Viel Glück, Kratochwil.«

Während sich der Minister zurückzog, marschierte Thomas auf das 70 Meter hohe Riesenrad zu. Zahllose Stahlseile und Stahlträger verbanden das äußere Rad, an dem die rotweißen Waggons montiert waren, wie Speichen eines Fahrrads mit dem Mittelpunkt. Dabei waren die einzelnen Kabinen an einer Stangenkonstruktion befestigt, um im Verlauf einer Runde immer senkrecht zu hängen. Das graue Rad und die Gondeln überragten alle Attraktionen des Praters, ebenso wirkten die Bäume rings herum verhältnismäßig klein.

Die ersten Touristen standen bereits vor der Schiebetür und warteten auf den Einlass in wenigen Minuten. An der Kassa zeigte Thomas seinen Ausweis, worauf die ältere Dame hinter der Glasscheibe grinste.

»Na, haben wir heute einen Betriebsausflug? Sie sind inzwischen der Vierte, der mit Ausweis oder einem Wisch von der Polizei kommt. Haben Sie auch einen speziellen Wunsch, welchen Waggon Sie möchten?«

»Nein, danke«, sagte er betont freundlich. In Gedanken aber wunderte er sich, welche drei Personen noch anwesend waren.

Jetzt gibt es sowieso kein Zurück mehr, dachte er und ging an dem Kassaschalter vorbei. Der Mann beim Drehkreuz ließ ihn auf ein Zeichen der Frau ohne Ticket durchgehen.

Der Weg zum Einstieg führte durch einen als Ausstellungsraum hergerichteten Rundgang. Acht Waggons standen kreisförmig angeordnet, deren Innenräume mit Miniaturinstallationen über die Geschichte des Wahrzeichens informierten. Vor einem Waggon, der das beinahe zerstörte Riesenrad zur Weltkriegszeit zeigte, erblickte er Denise. Sie schien die Schautafel zu lesen. Als er sich näherte, blickte sie auf und lächelte ihm zu.

»Guten Morgen, gut geschlafen?«, fragte seine ehemalige Kollegin. Sie strich ihre schulterlangen schwarzen Haare zur Seite und schenkte ihm ein Lächeln, wie tags zuvor in der Früh. Dabei wirkte sie weder nervös noch angespannt.

Thomas nickte nur stumm. Ihre offensichtliche Zuversicht brachte ihn innerlich zur Rage.

»Es ist schon merkwürdig, findest du nicht? Gestern um diese Zeit hattest du mir gegenüber sicherlich noch andere Gedanken. Und jetzt stehen wir hier. Erinnerst du dich an unseren letzten Besuch im Riesenrad?«

»Ja, aber das war eine andere Zeit«, brachte er mit zusammengebissenen Zähnen heraus.

»Das stimmt. Damals haben wir die Fahrt sehr ... intensiv genutzt, findest du nicht?«

Mit jedem Wort von Denise fiel es Thomas schwerer, sich zu beherrschen.

»Bringen wir es hinter uns«, meinte er, während er sich umsah.

»Ich möchte dich darauf hinweisen, ich habe eine ständige Verbindung zu ...«

»Lukas Schröder. Danke, das habe ich mir schon gedacht«, unterbrach er sie.

»Gut ermittelt. Ich gehe davon aus, du bist auch verkabelt, alles andere wäre enttäuschend.«

Als Antwort tippte Thomas auf sein Ohr. Über einen Ohrstecker konnten Dieter, Werner, Simon Katzmann und die Politiker mithören.

»Wenigstens spielen wir mit offenen Karten. Nun zum Geschäftlichen. Du hast den Code, um das Geld zu transferieren?«

»Du hast die Unterlagen?«, entgegnete Thomas.

»Natürlich. Lass uns eine Runde drehen. Und keine Sorge, liebe Mithörer, dieses Mal wird es völlig jugendfrei«, scherzte sie und ging vor in Richtung des Einstiegs.

Beim Zustieg zu den Waggons ließen sie zwei Gruppen von Touristen den Vortritt, bevor der Waggon mit der Nummer 16 einfuhr.

»Ich habe ihn extra für uns reservieren lassen«, sagte Denise, immer noch bestens gelaunt. Gleichzeitig stieß eine weitere Person zu ihnen.

»Moment, ich gehöre zu den beiden!«

Thomas wurde gerempelt und sah in ein ramponiertes Gesicht.

»Morgen! Tut es noch weh?«, fragte er den Mann, dem er am Vortag die Zigarette ins Gesicht gedrückt hatte. Neben der kreisrunden Brandwunde waren mehrere kleinere Verletzungen zu erkennen, die allesamt nur notdürftig versorgt worden waren.

»Ja. Leider darf ich mich nicht revanchieren, du Mistkerl«, fauchte dieser ihn an.

»Viktor, bitte. Wir haben gesagt, keine Feindseligkeiten«, sprach Denise beruhigend auf ihn ein und betrat den Waggon.

Die Schiebetür schloss sich hinter Thomas und das Abteil setzte sich augenblicklich in Bewegung.

»Wir haben maximal 15 Minuten Zeit, also legen wir los.«

»Warum? Kannst du mir erklären, warum, Denise?«, wollte Thomas wissen.

Während Viktor sich an das Fenster lehnte, blieb Denise gegenüber von Thomas stehen, nur die Sitzbank in der Mitte trennte sie.

»Warum? Also ehrlich, gerade du müsstest mich verstehen.«

Ihre Kabine gewann langsam an Höhe, stoppte kurz, als neue Passagiere in den Waggon hinter ihnen einstiegen.

»Wer ist beim Fall Foitner ohne Beförderung geblieben, nur weil ein anderer Kollege ein guter Freund des Innenministers war?«

»Was meint sie?«, hörte Thomas den Innenminister in seinem Ohr, reagierte aber nicht darauf und sprach gelassen weiter.

»Ja, und? Deswegen plane ich keinen Bankraub, keinen Diebstahl von Unterlagen der nationalen...«

Denise lachte laut auf.

»Komm mir nicht mit der nationalen Sicherheit. Weißt du, was sich auf diesem USB-Stick befindet, was in den Mappen steht?«

»Zum Teil ja.«

»Dann kannst du unmöglich damit einverstanden sein!«

Thomas sah sich um. Inzwischen hatten sie ein Viertel der Rundfahrt erledigt.

Neben dem Riesenrad sauste der Achterbahnzug der ›Wilden Maus‹ wild über die Schienen.

»Ich bin bereit, TJ. Auf dein Kommando«, meldete sich Dieter in seinem Ohr.

»Du kannst nicht wirklich glauben, dass du hiermit etwas ändern wirst?«, sprach Thomas weiter.

»Nein, aber warum sollen immer nur die verdienen, die mit linken Aktionen, mit Freunderlwirtschaft und illegalen Methoden arbeiten?«, fragte Denise, »Wie oft haben wir Fälle nicht abschließen können, weil es politische Interessen gab, die wir berücksichtigen mussten?«

Sie blickte kurz aus dem Fenster.

»Das Gesetz steht über allem, so ein Schmarrn«, fuhr sie fort, »Wie viele haben sich nach der Verhaftung freigekauft? Erinnere dich an den Politiker, der trotz seiner Drogengeschäfte jetzt im Vorstand einer Bank sitzt. Wir hatten alle Beweise zusammen, konnten aber nichts machen.«

»Ich gebe dir ja recht, aber was ist mit all den anderen Verbrechern, die wir ...«

»Kleine Fische im Vergleich dazu. Ich habe es satt, nur diese Kleinganoven zu verhaften und gleichzeitig zusehen zu müssen, wie sich bestimmte Leute aus jeder Affäre ziehen. Jetzt hole ich mir einen Teil zurück und verschwinde. Warum soll nicht auch mal etwas für mich dabei rausspringen?«

Sie hielt einen der Ordner hoch.

»Ich habe einige der Unterlagen gelesen. Diese Politikerriege glaubt, über dem Gesetz zu stehen. Korruption, wohin das Auge reicht. Da geht es um illegale Prostitution, Geldwäsche und andere schmutzige Geschäfte. Es gibt einen Akt zu einem unehelichen Kind, das in Deutschland lebt und bis heute nicht einmal weiß, wer ihr Vater ist. Hier wurde spioniert, um gegen bestimmte Personen etwas in der Hand zu haben ...«

»Wir sind fast bei der Halbzeit«, meldete sich Steinberger in Thomas' Ohr.

»Genug«, unterbrach Thomas.

»Ja genau. Es ist genug. Ich habe beschlossen, bei diesem abgekarteten Spiel nicht mehr zuzusehen. Ich hole mir einen Anteil davon und verschwinde. Das hier ist ja nur ein Teil eines gewaltigen Systems, in dem man nur zu etwas kommt, wenn man den richtigen Leuten den Arsch küsst und deren Verbrechen toleriert. So kann es in unserem Beruf keine Gerechtigkeit geben.«

»Ich kann dich verstehen, Denise. Du wirst dieses System aber nicht ändern, schon gar nicht auf diesem Weg.«

Während Denise redete, lehnte Viktor teilnahmslos am Fenster und sah gelangweilt hinaus. Inzwischen konnte er den ganzen Prater und weit über die Dächer Wiens sehen.

»Denk doch mal nach«, fuhr Denise fort, »Wie schnell hat der Kanzler eingewilligt, zu zahlen? Weil er genau weiß, dass die Summe nur ein Bruchteil dessen ist, was tatsächlich auf anderen Konten verteilt liegt.«

»Okay, genug von diesen Verschwörungstheorien. Kommen wir zum Geschäftlichen«, wollte Thomas das Thema beenden.

Denise nickte und stellte die Aktentasche auf die Sitzbank in der Mitte der Kabine.

»Hier ist alles drinnen, wie versprochen. Es soll nur eine einmalige Aktion sein, nach dem heutigen Tag bin ich verschwunden.«

Sie ließ sich von Viktor ein Tablet reichen.

»Wenn ich nun um den Code bitten dürfte.«

Der Waggon hielt erneut, knapp vor dem höchsten Punkt der Runde.

Thomas griff nach der Tasche und sah hinein. Er war informiert, was er finden sollte und stellte zufrieden fest, dass alle fünf Heftordner, zwei USB-Sticks und ein schwarzes Notizbuch vorhanden waren.

»Alles da, ich bestätige, es ist alles da«, sagte Thomas. Was wie die Bestätigung für seine Zuhörer klang, war gleichzeitig das Kommando für Katzmann und sein Team.

»Wir greifen zu, jetzt!«, rief er. Thomas hörte noch, wie der Cobra-Beamte losstürmte, dann wurde die Verbindung unterbrochen.

»Und?«, meldete sich Viktor zum ersten Mal seit der Abfahrt.

Thomas deutete ihnen, fortzufahren. Denise tippte auf ihrem Tablet und lächelte dann Thomas an.

»Ich bin bereit, mein Liebling.«

Thomas zog einen Zettel hervor und entfaltete ihn.

»Okay. Du bist bereit zum Eingeben? Ich wurde gewarnt, dass bei einem falschen Code ...«

»Ich weiß«, unterbrach Denise, »Eine falsche Eingabe sperrt das Konto für eine halbe Stunde und es erfolgt eine Information an den Kontoinhaber. Deshalb hoffe ich sehr, dass du mir den richtigen gibst.«

Thomas strich sich mit beiden Händen über sein Gesicht und richtete seinen Blick ins Freie. Der Waggon hielt an, sie hatten den Scheitelpunkt erreicht.

»Könntest du deine Aufmerksamkeit auf uns hier richten?«, forderte Denise energisch.

»Ich musste nur ... Was willst du von mir, seit gestern wurde mein Leben ziemlich auf den Kopf gestellt.«

»Du kannst nachher plärren!«, entfuhr es Viktor.

»Schon gut, pudel dich nicht so auf!«, Thomas holte Luft.

»Der Code ist: 5...7...1...9...7...2...«

»Auftrag ausgeführt«, meldete sich Simon Katzmann über Funk, »Es wurden alle Personen festgenommen. Ich wiederhole, alle Personen sind unter Kontrolle, niemand kann zu einem Computer.«

»P wie Paula«, sprach Thomas weiter, ohne sich etwas anmerken zu lassen.

»Können Sie bestätigen, dass Lukas Schröder ...«, fragte Steinberger nach.

»Ja, Herr Innenminister. Lukas Schröder und insgesamt vier weitere Personen wurden von uns überwältigt. Keiner konnte sich der Festnahme entziehen.«

»E wie Emil.«

»Dann sind Sie dran, Herr Brehme«, ordnete der Innenminister Dieter an.

»Habe ich verstanden ... und erledigt.«

»C wie Cäsar und H wie Heinrich«, sprach Thomas langsam.

»Jawohl!«, triumphierte Dieter, »Im Umkreis von 15 bis 20 Meter gibt es keine kabellose Internetverbindung mehr. WLAN, Funknetz, alles gestört. Ausgenommen unsere Kurzwellenleitung, TJ. Denise kann keine Daten verschicken!«

Mit einem Mal grinste Thomas.

»Fertig. P, E, C, H, wie Pech gehabt.« Gleichzeitig zog er seine Waffe hervor und richtete sie auf Viktor und Denise.

»Willst du das wirklich riskieren, Thomas?«, fragte Denise, stutzte aber im nächsten Moment. Sie blickte zu Viktor, der sich an sein Ohr griff und gegen den Kopfhörer klopfte.

»Die Verbindung wurde aufgrund eines Polizeieinsatzes unterbrochen. Ebenso jegliche Internetverbindung«, erklärte Thomas trocken.

»Es ist vorbei. Die Cobra hat euer Kellerversteck gestürmt, Dieter hat die Internet-Verbindungen gejammt...«

»Gejammt? Was habe ich?«, mischte sich Dieter ein.

»Du hast gesagt, du benutzt einen Jammer, also einen Störsender, oder?«, antwortete Thomas.

»Ja, aber man sagt nicht gejammt!«

»Egal«, er wandte sich wieder Denise zu, »es ist keine Überweisung rausgegangen und wir sind hier mit den

Unterlagen. Denk nach, Denise, es gibt keine Möglichkeiten mehr.«

Ohne auf einen Befehl zu warten, stürzte sich Viktor auf Thomas, die Fäuste geballt und bereit zuzuschlagen. Thomas hatte damit gerechnet, war aber dennoch eine Spur zu langsam. Viktor schlug gegen seinen Arm, was zur Folge hatte, dass der abgegebene Schuss durch die dünne Holzwand des Waggons krachte. Noch bevor sich Thomas wehren konnte, wurde ihm die Pistole aus der Hand geschlagen und er mit voller Wucht gegen die Tür geschleudert. Er hörte das Geräusch von berstendem Holz und Glas, spürte, wie die Schiebetür nachgab und er nach hinten kippte.

Augenblicklich schoss das Adrenalin durch seinen Körper, da er realisierte, dass die Tür aus der Verankerung gebrochen war und er im Begriff war, ins Freie zu stürzen.

Thomas warf sich nach vorne, seine Hände rutschten über den Holzboden und erwischten den Türrahmen, wo er sich an der Rille, in der sich ansonsten die Tür befand, festkrallen konnte.

So hing er an dem Waggon, der sich nicht weiterbewegte. Unter sich hörte er Geschrei, wahrscheinlich hatten ihn einige Touristen gesehen.

»Verdammt, was geht da vor?«, schrie Steinberger in sein Ohr.

»Heilige Scheiße, was machst du, TJ?«, rief Dieter entsetzt. Er war in den Waggon nach ihnen eingestiegen, um mit seinem technischen Equipment nahe genug zu sein.

Thomas riskierte keinen Blick nach unten, er wusste, dass ihn über 60 Meter vom sicheren Boden trennten.

Seine Beine baumelten im Freien, während er darum kämpfte, sich hochzuziehen.

Als er den Kopf hob und ins Innere blickte, sah er, wie Denise seine Waffe aufhob.

»Du wirst lästig, Thomas. Warum musstest du dich weiter einmischen?« Inzwischen klang sie nicht mehr freundlich, sondern ernst und eiskalt.

Thomas wollte antworten, doch durch die Anstrengung, sich festzuhalten, kam ihm nur ein Stöhnen über die Lippen.

»Viktor, beende es. Lass ihn fliegen«, forderte sie ihren Helfer auf.

Mit einem breiten, bösartigen Grinsen kam der Mann näher, die Hände immer noch zu Fäusten geballt.

»Du hast die Frau gehört, Bulle.«

Thomas sah die Entschlossenheit in den Augen der beiden. In seinem Kopf hörte er die Stimme des Mitarbeiters beim Riesenrad, der damals Denise und ihn über das Wahrzeichen der Stadt informierte.

»Vom höchsten Punkt aus sind es 65 Meter. Wir haben hin und wieder auch Selbstmörder hier, die sich runterschmeißen wollen. So einen Sturz auf den Beton überlebt niemand«, hörte er die Stimme in seinem Kopf.

Viktor beugte sich zu ihm herab.

»Das war´s dann, Hawara!«, sagte er hämisch.

»Willst du noch was sagen, Liebling?«, rief ihm Denise höhnisch zu.

»Ja«, stöhnte Thomas auf. Er erwiderte Viktors Blick und versuchte ein Grinsen.

»Na was denn?«, fragte Viktor und trat nach Thomas' Hand. Der zog sie weg und hing nur noch mit einer Hand an der Kabine.

Viktor lachte auf, stellte sich breitbeinig über ihn und beugte sich zu Thomas hinab, der sich etwas hochzog.

»Ich bin Kieberer und nicht dein Hawara«, fauchte er

und zog mit der freien Hand das eingesteckte Messer aus seinem Gürtel. Mit dem Daumen ließ er die Klinge aufspringen und schwang das Messer über Viktors Arm. Die scharf geschliffene Klinge glitt in das Fleisch und schnitt tief in den Arm des Mannes.

Laut aufschreiend griff Viktor in einer ersten Reaktion nach dem Messer, vergaß dabei aber auf sein Gleichgewicht und die Schwerkraft. Er lehnte sich zu weit nach vorne, kippte und versuchte sich abfangen. Während Thomas das Messer losließ, um sich wieder mit beiden Händen festzuhalten, griffen Viktors Hände ins Leere und er stürzte kopfüber aus der roten Kabine.

Thomas sah ihn über seinen Kopf ins Freie stürzen. Panisch um sich schlagend drehte sich Viktor und sah zu Thomas. Der Ausdruck in seinem Gesicht verriet seine Todesangst. Ein Windstoß schleuderte den Körper gegen eines der Stahlseile. Für einen Moment sah es aus, als könnte Viktor sich festkrallen, doch er griff daneben.

Begleitet von einem markerschütternden Schrei fiel er bis zum mittleren Teil des Riesenrades, wo er rücklings auf die gewaltige Nabe traf, die nicht nur seinen Schrei beendete. Der Körper rutschte unkontrolliert weiter und fiel dann hinab, wobei er mehrmals mit den straff gespannten Drahtseilen kollidierte. Den Aufprall auf dem Betonboden konnte Thomas als dumpfen Knall hören. Er wandte seinen Kopf zur Seite, da er es nicht mitansehen wollte. Er wusste, dass Viktor spätestens die Landung nicht mehr miterlebt hatte.

Um nicht das gleiche Schicksal zu erleiden, stemmte er sich hoch und kletterte mühsam in die Kabine.

Dort erwartete ihn Denise, seine Dienstwaffe in der Hand und auf ihn gerichtet.

»Seit wann trägst du denn ein Messer bei dir?«, fragte sie ehrlich überrascht.

Thomas konnte nicht antworten, die Anstrengung kostete ihn zu viel Luft.

»Bis heute früh habe ich meinen Spaß mit dir gehabt, aber inzwischen bist du echt nur noch lästig.«

Keuchend kam Thomas auf die Knie, beobachtet von Denise, die ihn mit der Waffe in der Hand nicht als Gefahr wahrnahm. Mit einem boshaften Grinsen sah sie zu, wie er sich am Türrahmen festhielt und langsam aufstand.

»Weißt du noch, als wir zuletzt hier waren?«, meinte sie und klang beinahe wehmütig.

»Das war eine andere Zeit«, antwortete Thomas keuchend.

»Ja leider, Liebling.« Ihre Antwort kam eiskalt. Im nächsten Moment trat sie zu. Ihr Fuß traf Thomas in den Magen, schleuderte ihn zurück und damit durch die fehlende Tür ins Freie.

Für einen Augenblick hatte Thomas das Gefühl, in der Luft zu schweben. Er sah hinab auf den Vorplatz des Praters, erkannte mehrere Gruppen, die sich vor dem Zugang zum Riesenrad versammelt hatten und zu ihm hinauf blickten.

65 Meter, erinnerte er sich erneut.

Etwas berührte seinen Rücken. Instinktiv verdrehte er seinen Körper und griff zu. Was er erwischte, war eines der Stahlseile, welche die Träger der Waggons sicherten. Das eingeölte Seil ließ ihn abrutschen, bis er mit den Knien auf dem breiteren Stahlträger aufschlug. Schnell schlang er den Arm um das Seil, wodurch ein dicker schwarzer Streifen sein Hemd zierte.

»Das wird nur schwer rausgehen«, stöhnte er auf.

»Das darf doch nicht wahr sein!«, hörte er Denise

fluchen. Als er den Kopf zu ihr drehte und die auf ihn gerichtete Waffe sah, wurde Thomas klar, dass er es noch nicht überstanden hatte.

»TJ! Halt dich fest!«, schrie Dieter vom hinteren Waggon, wo er inzwischen das Fenster geöffnet hatte.

»Ich glaube, das wird mir wenig helfen«, überlegte er laut. Denise zielte auf ihn und er war sich sicher, dass sie abdrücken würde. Sie konnte nicht mehr klar denken, jeglicher Versuch, an ihre Vernunft zu appellieren würde sinnlos sein. Thomas sah noch einmal hinab und stieß sich ohne weiteres Nachdenken von seinem Platz in Richtung des nächsten Waggons ab. Der Schuss, der vom Stahlträger neben ihm abprallte, machte deutlich, dass er keine Sekunde länger Zeit gehabt hätte. Eine Querstange vor ihm war sein Ziel, welches er relativ leicht erreichte. Der Schwung sorgte dafür, dass er nach vorne schwang, sich nicht halten konnte und plötzlich wieder durch die Luft segelte. Sein Glück war, dass er im höchsten Waggon gewesen war und nun das graue Dach des anderen Waggons direkt vor ihm war.

Unsanft landete er mit dem Rücken auf dem gewölbten Dach, welches sich eindrückte. Er konnte hören, wie die Touristen unter ihm vor Schreck aufschrien. Aber das Dach gab nicht genug nach, um ins Innere zu gelangen. So konnte er sehen, wie Denise eine der Seitenscheiben mit der Pistole einschlug.

»Stirb endlich, du verdammter Bastard!«, schrie sie völlig von Sinnen und riss die Waffe hoch.

»Heute nicht!«, entschied Thomas, rollte sich zur Seite, erhob sich und stieß sich vom Dach ab, dieses Mal in Richtung der Mitte des Riesenrads.

Der innere Ring der Konstruktion war mit unzähligen Stahlseilen verbunden, dazu befanden sich immer wieder Querbalken aus Stahlträgern dazwischen. Es war ein einfacher Sprung, um einen der Träger zu erwischen, auf dem er sich festhalten konnte und auch Platz fand, um seine Beine auf einer übergroßen Schraube abzustellen. Erst als er sich an dem Balken festgekrallt hatte, riskierte Thomas einen Blick hinab.

»Kompletter Wahnsinn«, meinte er, war aber froh, außerhalb von Denise' Sicht zu sein.

»Sind Sie eigentlich noch zu retten?«, meldete sich der Innenminister, völlig geschockt.

»Es tut mir leid, dass ich mich nicht erschießen lassen möchte!«, keifte Thomas zurück, bevor er keuchend um Luft rang.

Das Riesenrad setzte sich wieder in Bewegung. Langsam drehte sich Thomas um, zunächst noch glücklich darüber, dass es wieder Richtung festen Boden ging. Einige Sekunden später bemerkte er, dass ein weiteres Problem auf ihn zukam. Während die Gondeln beweglich an Stangen montiert waren, um immer in derselben Position zu bleiben, waren die Träger und Seile fix montiert und ließen ihn langsam nach vorne kippen.

Hektisch sah sich Thomas um, entschied dann aber, sich noch fester an der Stahlstrebe festzuhalten und darauf zu hoffen, nicht abzurutschen.

»Das hast du in deinem Plan nicht berücksichtigt, Dieter«, fluchte er, während er auch die Beine um den Träger schlang.

Das Riesenrad drehte sich im üblichen Tempo weiter, blieb nun aber nicht mehr stehen. Der Wind blies Thomas direkt ins Gesicht und ließen seine Augen tränen. Die Stimmen unter ihm wurden deutlicher, inzwischen hatten sich unter ihm Polizisten, Angestellte und Touristen versammelt. Viele hielten ihre Handys hoch, um Fotos von diesem nicht alltäglichen Schauspiel zu machen.

Thomas schaffte es, sich halbwegs sicher auf dem Balken zu halten und den Kopf oben zu halten. Er blickte immer wieder zu Denise' Kabine hinauf, doch er konnte nichts erkennen. Bei dem immer größer werdenden Polizeiaufgebot unter ihm zweifelte er nicht daran, dass sie gefasst werden würde, egal, welchen Plan sie hatte.

Das Riesenrad drehte sich weiter bis das Dach der Einstiegstation nah genug war, um sich darauf fallen zu lassen.

»Vollkommen verrückt!«, meinte er zu sich und öffnete seine Hände.

Auch wenn es nur zwei Meter waren, durchfuhr ihn ein brennender Schmerz, als er mit dem Rücken auf dem harten Blech landete. Mit geschlossenen Augen blieb er liegen und atmete mehrmals tief durch.

»Wir sind hier nicht in einem Actionfilm, wer hat das gesagt?«, sagte er zu sich selbst und den Zuhörern in seinem Ohr.

»Alle verfügbaren Einheiten sind instruiert, Denise Graf hat keine Chance, den Prater zu verlassen!«, informierte ihn der Innenminister.

Nachdem er sich aufgerappelt hatte, sah Thomas, dass der Waggon mit der Nummer 16 angekommen war. Zuerst hörte er mehrere Leute fluchen und schreien, dann sah er Denise, die sich mit Hilfe der Waffe Platz verschaffte. Sie rannte durch die Menschenmenge, schrie wild herum und schubste reihenweise Leute zur Seite.

Thomas ging bis zur Dachkante vor, um sich einen Überblick zu verschaffen. Dabei sah er, dass auf dem Platz vor dem Riesenrad bereits ein Dutzend Beamte und auch Michael Steinberger parat standen, um Denise aufzuhalten. Sie sah die Gruppe ebenso und richtete die Pistole auf sie.

»Ihr werdet mich nicht kriegen!«, schrie sie hysterisch. Inzwischen wirkte sie nicht mehr selbstsicher, sondern eher wahnsinnig.

Thomas überlegte nicht lang.

»Weil es heute eh schon wurscht ist!«, meinte er und sprang vom zwei Meter hohen Dach auf die nahe stehende Frau.

Denise schaffte es noch, sich zu ihm umzudrehen, da erwischte Thomas sie mit vollem Gewicht, warf sie zu Boden und packte dabei ihren Unterarm. Die Pistole war ihr bereits aus der Hand geflogen. Aufgrund seiner bisherigen Schmerzen war es für Denise leicht, ihn beiseite zu stoßen und schnell wieder auf die Beine zu kommen. Doch diese kurze Ablenkung hatte gereicht, dass sich die Polizisten mit gezogener Waffe um sie versammelt hatten.

Michael Steinberg trat vor.

»Denise Graf, ich möchte Sie darauf hinweisen, dass ich normalerweise keine Frauen schlage, aber sollten Sie sich zur Wehr setzen ...«, machte er ihr klar, dass es vorbei war.

Denise sah sich um und erkannte ihre ausweglose Situation. Wortlos blieb sie stehen und streckte ihre Hände leicht zur Seite.

Thomas erhob sich, wobei er vor Schmerzen aufstöhnte.

»Keine Sorge, Herr Minister. Sie steht drauf, wenn´s härter zugeht«, stöhnte er und hob seine Dienstwaffe auf.

»Sie sollten ihre heißgeliebten Unterlagen aus dem Waggon holen. Ach, und hier liegt irgendwo ein Messer. Es gehört meiner Frau, also bitte findet es.«

Sofort wurden zwei Beamte auf den Weg geschickt, während zwei weitere Thomas stützten. Er kramte aus seiner Jackentasche seine Zigaretten hervor.

»Ich möchte jetzt einmal einen Tschik, in aller Ruhe, ohne ...«, er stutzte, als er sein Päckchen öffnete. Dann marschierte er zu Denise, deren Hände inzwischen mit Handschellen auf dem Rücken fixiert waren.

»Schau nicht so, sonst haben dir die Spielchen mit den Achtern doch gefallen«, meinte er grimmig.

»Bevor ich es vergesse. Unsere Zigarettenwette habe ich gewonnen«, er zog die letzte Zigarette heraus und knüllte die leere Packung zusammen. Danach stellte er sich vor seine ehemalige Kollegin und Geliebte.

»Denise Graf, hiermit verhafte ich Sie wegen des Mordes an Mustafa und Jasmin Taremi, Beihilfe zu einem Banküberfall und Diebstahl, räuberische Erpressung, Widerstand gegen die Staatsgewalt und noch ein bisschen mehr.«

13 Uhr

Knapp zwei Stunden später war von den Vorkommnissen beim Wiener Riesenrad so gut wie nichts mehr zu sehen. Die Leiche von Viktor war abtransportiert worden, der Blutfleck, den er hinterlassen hatte, entfernt. Der Waggon mit der Nummer 16 war gesperrt und mit einer provisorischen Tür versehen. Die gestohlenen Unterlagen waren allesamt längst weggebracht worden. Ebenso waren die schnell auftauchenden Medien wieder abgezogen und auf eine Presseerklärung zu einem späteren Zeitpunkt vertröstet worden.

Thomas saß zusammen mit Werner, Dieter und Innenminister Steinberger in einem Raum des Riesenrad-Gebäudes.

»Ich muss sagen, ich hatte große Zweifel an Ihrem Plan«, gestand Steinberger.

»Sie haben mir die ganze Zeit über nicht getraut, oder?«

»Ich war mir jedenfalls nicht völlig sicher«, gestand Steinberger.

»Weshalb ich auch nie den richtigen Code für die Überweisung hatte«, sagte Thomas und blickte dabei auf den Zettel, den er von Kanzler Schaller erhalten hatte. Die Zahlenkombination, die ihm mitgegeben wurde, hatte er Denise nicht vorgelesen.

»Kein Kommentar«, war die Antwort des Innenministers.

»Wird die Öffentlichkeit erfahren, worum es bei dem Bankraub eigentlich ging?«, fragte Dieter.

»Natürlich nicht«, stellte Michael Steinberger klar, »Und ich weise Sie eindringlich darauf hin ...«

»Dass wir gefälligst den Mund zu halten haben, schon klar«, beendete Dieter die Drohung des Innenministers.

Thomas reichte Steinberger die Hand.

»Es war mir eine Ehre, Herr Innenminister.«

Ausnahmsweise meinte er es sogar ehrlich.

»Ganz meinerseits, Herr Kratochwil.«

Die beiden Männer reichten sich die Hände.

»Wenn Sie etwas brauchen, Sie haben meine Nummer«, fügte er hinzu.

»Was passiert mit den Unterlagen?«, wollte Thomas wissen.

»Es ist besser, Sie fragen nicht nach.«

»Also wird es dabei bleiben, dass der Kanzler mit diesen Unterlagen dafür sorgt ...«

»Der Bundespräsident weiß Bescheid. Er wird dem Ganzen wohl einen Riegel vorschieben.«

Die Miene des Innenministers verriet nichts über seine persönliche Meinung. Thomas war sich jedoch sicher, dass er und seine Parteifreunde es nicht so einfach akzeptieren würden.

»Meine Herren«, mischte sich Werner ein, »Ich werde mich verabschieden. Meine Dienste werden hier nicht mehr benötigt.«

Er nickte dem Innenminister zu und wandte sich danach an Thomas.

»Heute Abend, zusammen mit Dieter, ein oder mehrere Bier?«, fragte er.

»Ich melde mich. Zuerst muss ich endlich heim und einiges klären«, antwortete Thomas. Bei dem Gedanken an sein bevorstehendes Gespräch mit seiner Frau wurde ihm flau im Magen.

»Was überlegst du?«, fragte Dieter.

»Was schlimmer ist, der Wahnsinn hier, oder was mich daheim erwartet.«

Nach einer kurzen Pause fügte Thomas mit einem Blick auf das Riesenrad hinzu: »Vielleicht sollte ich noch eine Runde mit dem Ding fahren.«

14 Uhr

Im Büro des Bundespräsidenten saß Bundespräsident Kallinger in seinem breiten Lederstuhl an seinem Schreibtisch, das Telefon in der Hand. Soeben hatte er die Bestätigung erhalten, dass Denise festgenommen werden konnte.

»Damit wurden alle Beteiligten dieses Erpressungsversuchs aus dem Verkehr gezogen? ... Gibt es eine Möglichkeit, dass diese ... sensiblen Daten noch irgendwo ...? Sehr gut, vielen Dank und richten Sie allen Beteiligten meinen persönlichen Dank aus.«

Er legte das Handy zur Seite, stand auf und blickte Bundeskanzler Schaller an.

»Alles erledigt. Ihre Aufgabe wird nun sein, den Medien etwas hinzuwerfen, damit niemand Fragen stellt.«

Kurt Schaller nickte.

»Ich bleibe bei meiner Meinung über diese Unterlagen«, sagte Ludwig Kallinger ernst. Er lehnte sich vor, stützte sich auf seinen Tisch ab.

»Ich werde es nicht zulassen, dass Sie und Ihre Partei mit diesen unlauteren Methoden weitermachen.«

Kurt Schaller blieb ruhig, sein Blick war zum Fenster gerichtet, hinaus auf den Heldenplatz.

»Sobald wir sicher sein können, dass niemand den heutigen Tag damit in Verbindung bringt, werden Sie umgehend Ihren Rückzug bekanntgeben. Umgehend, damit meine ich binnen der nächsten Tage.«

Schallers Kopf wirbelte zum Bundespräsidenten.

»Es ist mir egal, ob persönliche Gründe, eine Versetzung nach Brüssel oder ein Skandal. Sie werden alle Unterlagen vernichten und Sie werden nicht mehr als Parteiobmann ...«

»Herr Bundespräsident, das kann nicht ihr Ernst sein? Wir sind mittendrin im Prozess der Umsetzung von Gesetzen aus dem Koalitionsprogramm. Gerade jetzt läuft es nicht nur vor den Kameras harmonisch.«

»Weil Sie ihren Koalitionspartner jederzeit diffamieren können«, stieß Ludwig Kallinger hervor, »Ich habe nichts mehr dazu zu sagen, bitte verlassen Sie nun mein Büro.«

»Herr Bundespräsident ...«

»Raus!«, schnaubte dieser.

Kurt Schaller ging einige Schritte zur Tür, bis er nochmals stehen blieb.

»Eine Sache noch, Herr Kallinger«, sagte er emotionslos.

»Was denn noch?«, meinte Ludwig Kallinger ärgerlich.

Kurt Schaller drehte sich um, sein Gesicht zeigte keine Regung.

»Wie geht es Ihrer Tochter?«

Der Bundespräsident knallte die Faust auf den Tisch.

»Unterstehen Sie sich!«, schrie er ihn an, »Lassen Sie meine Tochter aus dem Spiel, ich habe sie aus allen politischen Spielen und Intrigen herausgehalten ...«

»Ich weiß«, unterbrach ihn Kurt Schaller, »Ich spreche auch nicht von ihrer Tochter Lydia.«

Ludwig Kallinger verstummte und sah den Bundeskanzler mit hochrotem Kopf an.

»Ich spreche von Lea Bühl, wohnhaft in München. Sie wohnt mit ihrer alleinerziehenden Mutter in einem schönen Stadtteil ...«

»Woher haben Sie ...? Wollen Sie mir drohen?«, zischte der Bundespräsident mit zusammengepressten Zähnen.

»Nein, natürlich nicht, Herr Bundespräsident. Ich möchte nur darum bitten, dass Sie uns weiterhin bei unserer Regierungsarbeit unterstützen.«

Ohne auf eine Antwort zu warten, verließ Kurt Schaller das Büro.

Als er die Tür hinter sich schloss, ließ sich der Bundespräsident in seinen Stuhl fallen. Er drehte sich von seinem Tisch weg und blickte aus dem meterhohen Fenster, über den Heldenplatz hinweg bis zum Museumsplatz.

Am selben Abend
22 Uhr

Thomas, Werner und Dieter saßen in einem Lokal unweit der Dienststelle im ersten Bezirk. Jeder der Männer hatte ein kühles Bier vor sich stehen.

»Du hast keinen Blick in die Unterlagen riskiert?«, fragte Dieter.

»Dafür war keine Zeit. Und bevor du fragst, ich weiß nicht, wohin die Unterlagen gebracht wurden.«

»Mann eh. Dabei wäre es so interessant ...«

»Nein«, winkte Thomas ab, »Ich bin froh, mit diesen krummen Touren nichts zu tun zu haben.«

»Wie lief das Gespräch mit deiner Frau?«, wechselte Werner das Thema.

Thomas blickte einige Sekunden auf das halbvolle Bierglas.

»Schaut nicht gut aus«, antwortete er und trank sein Bier in einem Zug aus.

»Und dein Freund Foitner? Ist er wieder gut in Stein gelandet?«, wollte Dieter wissen und gleichzeitig das für seinen Freund unangenehme Thema beenden. Thomas grinste kurz.

»Er ist wieder sicher verwahrt. Noch.«

»Noch?«, wunderten sich Dieter und Werner gleichzeitig.

»Ja, noch. In den nächsten Tagen wird Gerald Foitner in den gelockerten Vollzug versetzt. Was wie ein Geschenk klingt, wird ihn nicht glücklich machen.«

»Wieso denn das?«, wunderte sich Dieter.

»Das kann ich dir sagen, junger Freund«, meinte Werner, »Gerald Foitner ist ein bekannter Mann im Häfn. Jeder weiß, was dieses Monster angestellt hat. Entweder er wird in wenigen Tagen darum betteln, in

Einzelhaft gesteckt zu werden, oder er wird nicht mehr lange ...« Er sprach nicht weiter.

Ein Bier später erzählte Thomas den beiden Männern mehr über sein Gespräch daheim. Wobei es inzwischen nicht mehr sein Daheim war.

»Nachdem ich morgen meinen Bericht fertiggestellt habe, werde ich um eine Dienstwohnung ansuchen. Vorerst nur vorübergehend, aber wer weiß.«

Sowohl Werner als auch Dieter versicherten, ihm zu helfen. Werner hob sein Glas.

»Meine Herren, es war mir eine Freude. Lasst uns anstoßen, vielleicht werden wir bald wieder miteinander zu tun haben.«

»Nichts gegen euch«, sagte Thomas mit einem Grinsen, »Ihr seid echt gute Hawara, aber das nächste Mal darf es ruhig etwas weniger wahnwitzig werden.«

ENDE

Wiener Schimpfen – leicht verständlich

Achter(eisen) – Handschellen
Bagasch – ungewollte Gesellschaft, Gesindel
die Krot schlucken – das Unvermeidliche hinter sich
bringen
eine auflegen – Ohrfeige
Es ist mir sowas von Powidl – Es ist mir völlig egal.
Fetznschädl –ein universelles Schimpfwort
Fiaker – Pferdekutsche, Touristenattraktion in Wien
Freunderlwirtschaft – Vetternwirtschaft
granteln – schlecht gelaunt sein
gscheit – richtig, ordentlich
Gspusi – Liebesverhältnis, Liebschaft
hackln – arbeiten
Häfn – Gefängnis
Hau die über die Häuser! – Verschwinde!
heast – Hör mal
Heuriger – Weinschenke
Kieberer – Polizist, Kriminalbeamter
Hoits zam! – Halt den Mund!
Krätzn – lästige Person
Kruzitürken – Ausruf des Erstaunens, oder Fluchen
Kusch! – Sei ruhig! Gib Ruhe!
Oida! – ist der Wienerische Ausdruck für „Alter"; die
praktische Verwendung geht jedoch weit über die
tatsächliche Bedeutung hinaus. Mal als Ausdruck des
Erstaunens, wird es auch zum Fluchen oder einfach als
Anrede benutzt
Pantscherl – Flirt
pflanzen – Auf den Arm nehmen
plärren – heulen, weinen
Postler-Schlüssel – offiziell Z- oder BG-Schlüssel
genannt, öffnet der Schlüssel die Tür über die

Gegensprechanlage

Pudel dich nicht auf, Eierbär – Reg dich nicht auf, Depp

Reparaturseidl – Ein Bier zum Frühstück, welches gut
gegen einen Kater wirkt

Schmäh – Witz oder Unwahrheit, Lüge

Standl – Kurzform für Würstelstand

Trottel depperta – Steigerung für eine dumme Person

Tschik – Zigarette

Ungustl – unsympathische Persone

verzupfen – verschwinden

Wappler – eine nicht besonders kluge Person

Wisch – Zettel, Schriftstück

wurscht sein – egal sein

Über den Autor:

Joachim Koller, geboren 1978 in Wien, lebt in Niederösterreich. Nach dem abgeschlossenen Realgymnasium in Wien arbeitete er für mehrere Jahre im Reisebüro. Daher stammt auch seine große Leidenschaft neben dem Schreiben, das Reisen. Inzwischen ist Joachim Koller beim Roten Kreuz tätig. Die Handlungen in seinen Büchern finden zumeist an real existierenden Orten statt, sei es Wien, Kreta oder Schottland.

Weitere Informationen unter:
https://www.facebook.com/kollerjoachim

Instagram: joachim_koller_autor, #jkautor

Weitere Bücher des Autors:

24 Stunden Angst

Eine Geiselnahme im Museum, ein scheinbar perfekter Plan und ein Vater, der alles versucht, um sein Kind zu retten. Das sind die Zutaten eines rasanten Thrillers, mitten im Herzen von Wien.

Als seine Tochter, zusammen mit anderen Kindern, in die Gewalt von Geiselnehmern gerät, wird das Leben von Tom Korn mit einem Schlag komplett aus der Bahn geworfen. Zusammen mit der Polizei muss er sich auf ein böses Spiel mit den Verbrechern einlassen um die Kinder nicht zu gefährden. Es scheint, als wären ihnen die Verbrecher immer eine Spur voraus…

Kollateralschaden

Eine Terrorgruppe bedroht ganz Wien und hält die Stadt in Atem. Ein Flugzeugabsturz und ein Anschlag auf ein Wiener Wahrzeichen stürzen die Stadt beinahe ins Chaos. Doch wie schnappt man Terroristen, die den Ermittlern immer einen Schritt voraus sind?

„Ihnen steht ein Spiel mit hohem Einsatz bevor, denn Sie stehen am Anfang einer Terrorwelle, die über Wien hereinbrechen wird. Der Einsatz dabei sind die Leben Ihre Bürger und Bürgerinnen, Herr Bundespräsident."

Mit diesem Anruf beginnt die Jagd auf einen terroristischen Erpresser, der die Hauptstadt Österreichs in Atem hält.

Die Ermittler Hans Martin Gross und seine Kollegin Gabriele Zauner müssen erkennen, dass ihr Gegner ihnen scheinbar immer einen Schritt voraus ist. Gleichzeitig müssen sie sich auch mit Widerstand in den eigenen Reihen beschäftigen.

Ganz andere Probleme hat der Berufsfahrer Ben. Seine Ehekrise wird aber zur kleinsten Sorge, als er in das perfide Spiel des Erpressers hineingezogen wird.

Jede Spur auf der Jagd nach den Terroristen verläuft im Sand. Doch eine unausgesprochene Regel des Spiels besagt, dass nicht alles so ist, wie es scheint. Und nicht jeder verfolgt die offensichtlichen Ziele ...

Adventmörder

Eine grausame Mordserie mitten in der Wiener Adventszeit.
Ein Team ohne verwertbare Hinweise.
Ein Motiv, das einen Ermittler an seine dunkle Vergangenheit erinnert.

Kurz vor Weihnachten sorgt eine bestialische Mordserie in Wien für Aufsehen. Als ein Kollege dem unbekannten Killer zum Opfer fällt, nimmt Hans Martin Gross, Leiter des Verfassungsschutzes und ehemaliger Undercover-Polizist, an den Ermittlungen teil. Zusammen mit seiner Kollegin Gabriele Zauner und zwei recht unerfahrenen Ermittlern versuchen sie, den Mörder zu fassen. Dabei müssen sie feststellen, dass sie nicht alleine bei ihrer Spurensuche sind.

Noch dramatischer wird die Situation, als das wahre Motiv des Serienmörders bekannt wird und Hans Martin sich seiner Vergangenheit stellen muss.

Schwarzes Blut

Ein neuer Geheimdienst in Wien
Ein Team, das sich beweisen muss
Ein Anschlag, der die Welt verändern wird

In Wien beginnt der neue österreichische Geheimdienst seinen Dienst.

Während der neugewählte Bundespräsident noch Zweifel hegt, läuft bereits die erste Bewährungsprobe.

In einer Undercovermission wird eine rechtsradikale Gruppe ausspioniert, nachdem es Vermutungen gibt, dass sie einen größeren Anschlag planen.

Beinahe gelingt es, die Details zu dem mutmaßlichen Plan zu erfahren, doch dann kommt alles anders: Ein Attentat auf dem Donauturm, ein undurchsichtiger Wissenschaftler und eine Phiole mit einem unbekannten Virus sorgen für Aufregung.

Als klar wird, wie gefährlich das entdeckte Virus tatsächlich ist, muss das Team alles riskieren, um eine weltweite Katastrophe zu verhindern.

Eine Katastrophe, die die Welt für immer verändern würde...

Secret of Time
Ausnahmezustand in Barcelona

Was als Urlaub in Barcelona beginnt, wird zu einem gefährlichen Abenteuer rund um ein lang vergessenes Familiengeheimnis.
Als eine Katastrophe über die Stadt hereinbricht, hat Leon nur eine Chance, seine Freunde und nebenbei die Welt zu retten...

Es soll ein ganz gemütlicher Urlaub in Barcelona werden, bei dem Leon auch etwas über ein seltsames Erbstück von seinem Vater erfahren möchte.

Als er dabei neue Freunde trifft, lernt er die spanische Stadt besser kennen und bekommt auch noch die Möglichkeit mehr über seine Vorfahren zu erfahren. Hinter dem Erbstück steckt eine mysteriöse Geschichte rund um die berühmten Architekten der Stadt.. Doch von der dazugehörigen Legende über Zeitreisen hält Leon nicht viel.

Aber dann bricht die Katastrophe aus. Die Stadt wird das Ziel eines Terroranschlags, wie ihn die Welt noch nicht erlebt hat. Barcelona versinkt im Chaos und plötzlich muss Leon darauf hoffen, dass die Legende wahr ist. Er setzt alles daran um seine Frau, seine neuen Freunde und nebenbei noch die Welt zu retten.

Bittersüßer Rakomelo

Eine perfekt geplante Intrige an den schönsten Orten Kretas, eine Entscheidung zwischen Vergeltung, Liebe und Freundschaft und dazu ein großer Schluck des kretischen Nationalgetränks – das sind die Zutaten eines Sommers, der alles verändern wird.

Es ist der Beginn eines herrlichen Sommers, jedoch weder das Wetter noch die Schönheit der Insel sind der Grund für Ryans Reise nach Griechenland. Zusammen mit seinem langjährigen Freund Tákis, der für ihn wie ein Bruder ist, haben sie einen von langer Hand vorbereiteten Plan, um den Mord an Tákis' Vater zu rächen.

Mit falscher Identität und viel Hintergrundwissen gelingt es Ryan, an dessen Tochter und somit auch an ihn ranzukommen. Alles läuft nach Plan, Ryan zeigt der Tochter die Highlights von Kreta und gewinnt schnell ihr Vertrauen und auch ihre Zuneigung.

Doch als er seine Identität für einige Zeit fallen lassen kann, gerät das gesamte Vorhaben ins Wanken und er muss überlegen, wie und ob er weitermachen will. Als auch seine enge Freundschaft zu Tákis an der Kippe steht, muss er eine Entscheidung treffen, die für alle Beteiligten weitreichende Auswirkungen hat.

Eine Entscheidung zwischen Rache und Liebe, zwischen Familie und Vergeltung.

Unter den Augen des Minotaurus

Kreta: Gerade auf die Insel, die er nie betreten wollte, verschlägt es Niko, um die Tochter seines Freundes zu finden.

Sonne, Strand und Meer interessieren ihn dabei nicht, er will nur so schnell wie möglich wieder zurück. Doch dann überschlagen sich die Ereignisse und aus dem einfachen Auftrag wird ein riskantes Unterfangen, als er sich inmitten eines alten Familiengeheimnisses wiederfindet.

So landet Niko in einem Abenteuer rund um die griechische Mythologie des Minotaurus und der Minoer. Ganz nebenbei holt ihn auch noch seine Vergangenheit ein, die er eigentlich hinter sich lassen wollte.

Fate of Whisky
Rückkehr der Vergangenheit

Schottland: Ein vermeintlich leichter Auftrag bringt Niko in das Land der Mythen, Legenden und Burgen. Aber noch nicht einmal gelandet steckt er mitten in einer Fehde zweier verfeindeter Clans.

Zusätzlich weckt Schottland alte Erinnerungen an seine Jugendliebe. Somit wird die Reise von Rückblenden in die 90er-Jahre begleitet, zu einer Lovestory, die unerwartet und rätselhaft endete.

Unterwegs lernt er das Land von seiner schönsten Seite kennen und erfährt mehr über eine alte Legende, doch diese lässt ihn - zumindest vorerst - kalt.

Denn es wartet noch eine Überraschung auf ihn, die nicht nur sein Leben völlig auf den Kopf stellen wird.